LA BÊTE ET LA BELLE

美女與野獸之死

提爾希・容凱——著
THIERRY JONQUET

陳蓁美——譯

獻給蘇朗芝

很久很久以前，在一個很深很深的森林裡面，有一座美麗的**宮殿**，**宮殿**裡住著**野獸**，**野獸**深愛著**美女**，而這座**宮殿**美麗得教人難以想像⋯⋯

別——再——說——啦!!!

⋯⋯劇情不——完——全這麼走呀，其實根本是另一回事呢！

故事裡的確有：

一、**野獸**

二、**宮殿**

三、**美女**……

不過還有火車在森林中奔馳，它輾過起伏不定的山丘，穿越林底的灌木叢，**美女**嬌聲嗲氣，**野獸**齜牙咧嘴，至於**宮殿**嘛？唉，甭提也罷！

這些原可造就一個迷人的童話故事，不過卻半路殺出一個侍從、一個巫婆和一個肉販，劇情因而變得錯綜複雜，真是剪不斷，理還亂呀！沒上演罷工的時候，宮殿拜神仙電力之助而燈火通明。**美女**投了健保，**野獸**也最好加入動物保護協會。

這世界，瘋了。

野獸

一月十日……

綁住小棺材的繩索發出嘎吱摩擦聲。鎮公所兩名員工分別站在墓穴兩旁，很有節奏地拉起棺木，不出兩三下，棺材便躺在花崗岩墓碑旁的地上。

「現在呢？」其中一位問道。他用袖口擦拭額頭，把鴨舌帽往後腦勺推。

羅蘭．賈伯路忽然感到一股倦意襲來。他沒看挖開的墓穴、翻鬆的泥土，也不看四周其他墳墓前的十字架。這座墓園很小，座落於可以俯瞰大海的斷崖上。賈伯路凝視著翻滾的波濤、翱翔在海浪上的海鷗；他吸了一口海洋的氣息。

「局長，現在呢？」那個看起來像帶頭的員工再問一次。

賈伯路轉過身子。法醫仍坐在墓園入口處那部溫暖的車子裡。賈伯路向他比了一個手勢，要他過來一趟，然後跟一起參加挖墓儀式的保安副隊長說了幾句話。

「把它放到那邊……」副隊長指著倚靠圍牆而建的紅磚外屋說道，而這堵圍牆將墓園與村子入口的幾棟房子隔開。這間外屋其實只是一個簡陋的棚子，讓道路清潔管理人員存放工具用。

兩位掘墓工人將棺材放進一個大型手推車後便朝著棚子推去。手推車的輪子因爲鐵箍生了鏽，咿呀咿呀地滾動在礫石上，小徑上的草皮仍然覆蓋著一層薄霜。

法醫凍得將兩隻手伸進大衣口袋裡待命。他和賈伯路一起開車過來，不過在三個小時的車程中，兩人只講過兩句話。

那兩個掘墓工人將棺材擱在兩個支架上後，便動手鬆開棺材的螺絲，這時賈伯路對著跟在副隊長身邊的小伙子說話。

「你眞的要留下來？」他問道。

小伙子點點頭。對他來說，這個上午確實很煎熬……他二十歲不到，是受害者的哥哥。「別說受害者，我們還不能確定……」小伙子前一天到賈伯路的辦公室時，賈伯路如此咕噥道。

「是……」小伙子回答。「我想留下來。」

賈伯路聳聳肩，他思忖小伙子八成奉父母之命留下來，而他們卻沒有勇氣親自跑一趟。

「我先警告你……」賈伯路吐了一口氣，說：「八成會很噁心！」

「不會吧……」法醫嘟噥道。「一個月不到，棺材的外觀還保持得很好，看看這些泥土：雖不是黏土不過也能防水……」

「啊？」小伙子忍不住叫了出來，並大聲地嚥了一口口水。

另外還有個傢伙：**找碴人**。他一直待在墓園入口處，不斷跳來跳去好讓身體發熱。賈伯路雖看到他就一肚子氣，但也莫可奈何，這個吸血鬼，他又會動什麼歪主意？賈伯路思忖道，或者打開另一副棺材？**找碴人**帶了幾位記者同行，哦，當然不是什麼一流作家：只是一些專門替八卦小報搖筆桿的傢伙，還打算揩死人的油。另有兩、三位攝影師在大鐵門前晃頭晃腦，但保安隊早已把門拉上並守在一旁。而這些車輛和照相機不可避免地引起村民的注意，首先是孩童，因爲當天適逢星期三，接著是幾個老太太，然後是麵包店老闆，他開著廂型車沿街兜售，再來是肉販，他也開車出門攬生意……雖然他們個個目露敵意——挖墳墓可不是篤信基督教的人會做的事——不過沒人敢吭聲。

找碴人正跟一名保安隊員抬槓。賈伯路很強硬，說什麼也不肯讓他踏進墓園，最多事成以後給他一份驗屍報告影本，僅此爲止……

•••

小伙子急忙步出棚子，他臉色發青，消失在一堆覆蓋著積雪的木板後面嘔吐。

「果然……」賈伯路嘟噥道。

法醫脫掉長大衣和西裝外套，捲起襯衫袖子，戴上超薄橡膠手套，開始著手工作。

「怎麼樣？」賈伯路問。

「哦，沒什麼特別的……他們對**小孩**做過防腐處理，就算原本有什麼線索，現在要找出來也比登天還難！」

「有性侵跡象嗎？」

「沒有。批准埋葬申請的同事爲防萬一已經檢查過了。噢，看看這個傑作……」

賈伯路在棺材前彎下腰。小孩的面孔一點也沒有腐爛，皮膚似乎還有彈性，死後頭髮繼續長長，蒼白的小臉彷彿掩蓋在一團金雲底下，幸好這具屍體只穿了一件蕾絲花邊睡衣，讓驗屍工作更容易進行。

法醫拉高睡衣，檢查胸部的皮膚，稍微變皺了；他搖搖頭。

「沒有新線索？」賈伯路又問。

「沒有，不過右邊屁股有道痕跡，但第一份報告曾記錄下來，那是他摔下前在階梯上滑倒所致。」

「也有可能是被人踢一腳。」

「那得踢得很重……」

法醫把屍體翻過來側躺著，賈伯路這時留意到在布滿大理石花紋般的背脊和下肢之間有個顏色較深的斑點。法醫又讓屍體躺平，賈伯路盯著屍體的臉龐：眼睛緊閉，神情很平靜。法醫輕輕拍打屍體的臉頰。

「修復技術，很厲害嗯？加了橡膠襯皮，臉頰變得很豐滿。」

「那是什麼？」賈伯路問，指著肩膀的皮膚上，有兩條長條紋，一條在右，一條在左，與鎖骨垂直相交，這個地方的表皮呈褐色而且完全龜裂……

「這不是新線索，第一份報告也有這個紀錄，是書包肩帶：他把書包背在背上，像背背包那樣，當他在階梯上滑倒時，書包被門卡住，發出迅猛的一擊，時速六十公里之下，力道可不得了，造成的瘀斑相當清晰……你認爲還要繼續下去？」

法醫很輕巧地把屍體的頭顱抬起來，用手掌撥開頭髮，讓後腦勺的大洞露出來。這也讓遺體修復師花了不少功夫，他們爲了恢復頭顱原貌，用一顆大海綿球塞滿掏空的顱骨，並代替在墜落時震碎又被電線桿扯掉的整片枕骨和部分頂骨。

「好，就到此爲止吧……」賈伯路說。

法醫把所有東西歸回原位，然後打開水龍頭用冷冰冰的水清洗雙手，五官揪成一團。

忽然吹起一陣穿堂風，把肥皂泡沫吹到棺材蓋上，而那兩個掘墓人已經把蓋子重新拴緊。

• • •

小伙子在外面等著，他對賈伯路投出詢問的眼神，但賈伯路搖搖頭。沒有，沒有任何新線索。

「告訴令尊和令堂忘了這一切吧……再耗下去只是白受罪。他在火車的階梯上滑倒，就是這麼回事，小孩發生意外的確令人難過，不過就算重新開棺驗屍一百次還是找不出原因，也不能讓他起死回生，嗯？你打算馬上回巴黎嗎？」

「不，今天不會，我會留下來過夜，住在姑婆家。」

賈伯路看著他垂著雙肩逐漸走遠。賈伯路很同情他，保險公司的策略也未免太囂張了：**找碴人**既然不能在**肉店店員**和**老太太**身上找到線索，只好對**小孩**家人死纏爛打，他們都是簡單的老實人，做父親的是雪鐵龍車廠的領班，**找碴人**第一次到人家家裡時，每個人都斜眼瞪他，後來才認眞思考起來……哦，雖然他提出的數目不大，不過能替那兩個姐妹花買些文具、爲當學徒的哥哥買點工具、也可以幫忙繳稅，而老大——去墓園的那個小伙子——剛丟掉工作……因此做父親的讓了一步，做母親的則閉上嘴巴。他們派出老大去「觀禮」……**找碴人**大概已經爲這個小勝利用力搓揉雙手。

賈伯路和法醫走出墓園時，**找碴人**很有耐心地等在大鐵門前，他一把抓住局長的袖子，同時投出訊問的目光。

「去你的……」賈伯路大罵，「沒有任何線索，別打擾這些可憐人，別再煽風點火了！」

後來賈伯路離開墓園，走到鎮上的廣場去，這個鳥不生蛋的地方距離艾特塔[1]不遠。法醫飢腸轆轆，賈伯路也有點餓。他們並肩坐在鎮上唯一的啤酒屋裡，面對著鎮公所，他們叫了一桌豐盛的快餐，並入境隨俗地喝蘋果酒下菜。

• • •

賈伯路午後回到巴黎司法警察總局[2]。他直接走進辦公室，請人打好簡短的驗屍報告，概述法醫稍後會透過正式管道呈報的結果。

接著他長嘆一聲。賈伯路身材壯碩，年近六十歲，五年前被拔擢爲局長。他從基層警員幹起，慢慢爬到今天的地位。那段披斗篷的菜鳥時光過得異常艱辛，他也沒忘記大戰結束後在各大林蔭道上踩腳踏車巡邏的悲慘歲月。這些都已成爲過往雲煙，他的名字經常引起旁人的好奇。「賈伯路」？就是「鹽稅局職員」嗎？[3]沒錯，正是如此，他答道，既然取了這麼一個名字，會當上警察也沒什麼好奇怪，不

1 艾特塔（Etretat）位於諾曼地，曾出現在作者另一本小說《狼蛛》裡，也是亞森羅蘋系列中《奇巖城》的場景。

2 巴黎司法警察總局位於西提島瀕臨塞納河左岸的金銀匠堤岸三十六號，又稱爲「三十六總局」，專門負責調查重大刑案。

3 法文中，「gabelou」（音同「賈伯路」）意爲鹽稅局職員或海關職員。

是嗎?

他跟阿爾泰二區警察分局的主管約好四點鐘見面。一般人都用阿爾泰一區代表舊城,那是郊區大鎮,蓋了許多一模一樣的透天厝,住著養貓老太婆或退休公務員。

阿爾泰二區不像它的一區前輩,而是矗立在昔日的麥田上,很快就變得破舊不堪的大樓排成梅花形圍繞在家樂福商場四周,旁邊有近郊鐵路經過,百分之八十的男性居民在雪鐵龍車廠上班。賈伯路上週日曾去過一趟,國中組合屋校舍、冷清清的文化中心、無所事事的混混霸占超市咖啡廳、成群結隊的孩童聚在地下停車場踢足球:完全符合郊區給人的刻板印象欸。

但是賈伯路不管這些,他又不是社工人員,他在旺杜山腳下的農舍是另一回事,總不能要求一個六十歲的老條子重建世界嘛,別強人所難了。

有人通報阿爾泰二區警局局長到了,是個年輕人,一身西裝打扮外加一件深色風衣。

他在走廊上走來走去啃指甲。賈伯路馬上給他吃顆定心丸。

「別緊張，小老弟，我們不會害你被督察處找上門！」

當初二區局長沒多做考慮便批准埋葬申請，而一個月前與市公所達成協議、依法收取的喪禮出差費七十法郎也全數落入他的口袋。**老太太**、**小孩**、**肉店店員**下葬時他都不曾現身，而改由副手執行這件苦差事，交換條件是給副手更彈性的休假空間。照理事情不能這麼辦，不過既要處理流氓、車禍、闖空門，又要審核埋葬申請，忙得暈頭轉向之際，責任感就沒了。賈伯路面前擺著三份申訴單。

「今天早上有新發現嗎？」二區局長問道，他知道賈伯路的開棺行動。

「沒有……到目前爲止沒發現什麼。」

「眞荒謬，您該不會把一個瘋子的胡說八道當眞吧？」

「我不會……」賈伯路嘆了一口氣，「但別人會！譬如報紙媒體和提出申訴的肉店老闆的保險公司。如果是謀殺案，他們就不理賠。您認識他嗎？」

「肉店老闆？認識……他的肉店是那一帶唯一過得去的，我太太都去那裡買肉。」

「**老太太**呢？」

「噢，去年她家被闖空門，後來我們逮到一群小混混，她來指認嫌犯時我看過她，那是我唯一跟她有過的接觸。」

「您有什麼看法？」賈伯路問。

「沒有……眞的沒有。」

賈伯路整理完跟**老太太**與**肉店店員**相關的一疊文件——違規罰單、帳單未繳納的申訴信以及其他更無聊的玩意——便打發他的同事離開。他認爲這堆文件裡的東西鐵定不能讓**找碴人**閉嘴，更不能使老李歐打開金口，而老李歐，他什麼都知道啊……

● ● ●

我什麼都知道，我什麼都知道，這話未免也說得太快了吧……如果這些條子指望我助他們一臂之力，他們還得加把勁哪！他們休想從我這裡得到半點風聲！他們活該，誰叫他是我的好兄弟，而且還是我這輩子唯一的一個。賈伯路，我看出他心神不寧但眉毛連挑都不挑一下，不過他很想知道。**老太太**、**小孩**、**肉店店員**，我，我才不甩他們哩……。

我成天悶在這裡，縮成一團窩在賈伯路辦公桌旁邊的一張扶手椅上。他不知道跑去哪兒晃蕩，而我在這裡憋了五天……**闖入者**和**犯人**一月二日時被找到，欸，可眞是佳節愉快呀！已經五天了，不過好像漫無止盡，沒完沒了。那些條子看我老神在在，臉不紅氣不喘的，個個都大爲光火，但他們不會折磨我，反正折磨我也沒用，又不能怪我，但對**闖入者**，老實說我是得負一點責任啦，不過頂多如此。

犯人是我的拜把，是我的麻吉，是我的所有一切，你們說他是我的什麼就是什麼，我一定不會背叛他，他們說什麼也沒用，我沒話好說。不過他們也的確煞費苦心。我的老李歐長，我的老李歐短，拍馬屁，客套話，甜言蜜語，花樣百出，但我還是無動於衷，頂多在他們拿東西給我吃的時候稍微點個頭。一堵牆。他們還不如對牆壁或垃圾堆裡的破鞋子說話。

條子們都來了，團團圍繞在我四周，不懷好意地瞪著我，就像電影演的一樣，他們毛茸茸的手臂抓著手電筒對準我的臉，而且三不五時嘲笑我。「老李歐，」他們尖聲嚷嚷，「一五一十招出來吧，你是唯一看見事情經過的人……」他們竟然覺得好笑，我才不會和他們合作，我拿出所剩無幾的尊嚴發誓，而我這個人還有一點尊嚴，這倒是讓他們很吃驚，這些人萬萬也沒料到，他們把什麼事都看得天經地義，但我不是。老李歐我啊，我叫他們吃癟。

賈伯路還不打緊，**找碴人**才可怕，這個傢伙是真正的小人，奸詐狡猾，見人說人話，很會伺機而動，巴不得逮到別人睡不好而無精打采、昏頭昏腦、變得脆弱無助的時候。

是他第一個堵到我。我本來打算偷偷溜走的，搞出這些狗屁倒灶的事，我當然能開溜就開溜，我還真怕被人抓到，但是其實關我屁事啊，不過他們怎麼會瞭呢？

賈伯路，他就看出來，但他還是把我軟禁起來，他吩咐大家要善待我。起初耳光、踹腳、叫罵樣樣都來，後來賈伯路對手下說：「別欺負老李歐，對他放尊重點，好歹人家是唯一的證人……」每個人都哈哈大笑起來。

不過**找碴人**更難纏！老李歐啊，你們倆到底怎麼了？對了，李歐，你跟**老太太**熟嗎？你和**小孩**算朋友嗎？還有**肉店店員**，他認識你，你都跟他買肉……

他就這樣抓著我不放！我只好去找賈伯路，讓他知道如果他希望我願意對他釋出眞心和坦誠，他得先幫我從**找碴人**的魔爪裡救出來。而賈伯路不是糊塗人，他馬上看出我的心思。

起初，每個人都衝著我來，**老太太**的姪子、**小孩**的父母、肉店老闆——就我所知，這個傢伙是因爲投了保險，這也是爲什麼**找碴人**會插上一腳——他們的問題讓我難以招架……

老太太？我看過她幾次而已，我們在樓梯間打過照面。**肉店店員**？也一樣，我跑腿幫忙買東西時看過他……**小孩**？喔，我在邊城看過他一兩次，但是**找碴人**卻無論如何都希望我跟**小孩**熟稔。

不過，又能怎麼辦呢？這地方小不拉嘰，大家嘰嘰喳喳，人云亦云，搞到最後不分青紅皀白，分不出麥糠或麥粒，就像我以前農場的頭家說的……

找碴人不很聰明，不過固執、難纏，但也不能把他看成笨蛋，他很機警，愛虛張聲勢，不能相信他，他會把我拖下水，他每次來找我時，我靠一些伎倆和廢話連篇，從不曾吐露半點訊息。他對我說盡好話，拚命巴結我，但我把他的一舉一動都看在眼裡！

對人不信任，跟我出身農人有關，城市人都是笨蛋，喝電視的奶水長大，遇到一點事就慌了手腳。我老李歐才不會，我是徹頭徹尾的鄉下人。

沒辦法，就是這樣，誰也無能爲力。**找碴人**鬼話連篇、詭計多端、狡猾不可靠，自以爲比別人了不起。這個下三濫怎能跟我老李歐相提並論呢！我這種人要絕種了。很可惜，因爲這個世界正在險坡上往下滑，而鄉下的智慧，如果你們相信我的話，能阻止災難發生，我一直都這麼相信！

噢，沒錯，我的人生不是一直都是彩色的，更不像貪杯的**找碴人**喝了一堆劣酒和烈酒後發出紅通通的臉色。我呢，我有很長一段時間只靠著乾麵包和白開水度日，換句話說，就是捱得好辛苦。

而**犯人**，我到了晚年才遇見他。打從第一刻，我就看出他這個傢伙玩完了。噢，從他講究的外表和溫文儒雅的舉止倒是看不出來啦……不，我是從別的地方看出他完蛋，他的行爲似乎洩露出一點什麼，一舉一動都涔涔流出疲憊的汁液，但不是下田勞動了一整天的疲憊，不像我們這些農夫，不，是屬於人最深處的疲憊，連被輕柔撫觸都會發出一些嘎吱聲，活動四肢時也會咯咯作響，讓人不禁想到：這個傢伙的齒輪需要上油了，但偏偏沒人有油壺好替他上油，最後他還沒結束服務就壞了。

而我，你們說說看，我就沒玩完嗎？我都這把年紀了？還有，我這把被農場粗活折騰得差不多的老骨頭欸？

哎喲，老李歐，別落魄到怨天尤人啦……我一直相信，一個人的骨氣，就像鵝卵石吧，別人就算在上面吐痰也侵蝕不了它！

我在阿爾泰出生。以前我們不說阿爾泰一區或阿爾泰二區，後來才這麼說。以前那裡是一大片麥田和草原，樹林後面、遠一點的地方，才有一些房子。我還是小孩子的時候，從不曾越過樹林，我太膽小了。

我在農場出生、長大，忽然間，我變成大人，也開始忍受雞雞的折磨，我不知道怎麼辦。白天，我在田裡看守牲畜，晚上，跟朋友成群結隊返回農場，我們一起睡在牛棚旁，每個人都受不了雞雞的折磨，但要找到一個舒適的角落好好磨蹭一下並不容易。喔，的確，現在就可笑了，眞是今非昔比啊……今天，我的雞雞委靡不振、皺成一團，也毫無所求，不過當我還是少年仔時，那可眞是見鬼了！就連**找碴人**也一定會眼紅……眞該看看這個傢伙和女人在一起的模樣，譬如在大樓樓梯間，只要有人妻爬樓梯，他一定不放過機會，拚命盯著她們的裙底下，啊，不要臉的東西！他還一五一十地說給我聽……那是他跑來我們家打聽**肉店店員**、**老太太**、**小孩**的時候的事……

喂，老李歐！他叫道，你一定知道一些事……別用這種眼光看我，給我一個線索，你就能過大老爺的生活。

大老爺！彷彿我有富貴命……苦啊，我吃了很多苦。我小時候住的地方，前不巴村，後不著店，冰天雪地的，冷得要命……後來，阿爾泰變了。起初幾乎還看不出來，只見幾個人駕著奇怪的汽車駛過田野，拿著望遠鏡眺望遠方……

他們在我們的土地上跑來跑去，他們的喇叭聲嚇壞我們的牲畜，然後走了，但六天後又跑回來。他們植入一根柱子。劃定邊界，好像母牛拉大便標示地盤，不過這些人的大便卻不能給農作物做肥料，不，他們甚至砍掉樹木、剷除我和厄菈莉常去散步的樹林，厄菈莉後來成爲我的妻子……他們開著卡車、自動傾卸車，搬走泥土、挖鑿坑洞和溝渠，變化一點一點地發生。以前，只有一座鐘樓矗立在平原上，後來，碰！迸出一座高塔、一部起重機、一座高壓電塔。我們這些鄉下人，我們盡可能地往後退，跑到另一邊放牧，用屁股對著他們的起重機……老李歐，**找碴人**對我說，你是正港的鄉巴佬，已經絕種的動物……

犯人，是一道友誼的陽光，溫暖我晚年的日子。我不知道怎麼說才好，講起來有點浮誇，不過我們的感情很堅固、像深深埋進土裡、扎了根一樣，甚至比那些高壓電塔更牢固！

啊，這些高壓電塔，每天晚上牲畜睡著時，我和厄菈莉看著它們冒出來，厄菈莉後來死於難產，眞是一場災難，我變得行屍走肉，對任何事都感到索然無味。農場頭家夫婦很體恤我，他們知道我遭受的打擊永遠也無法撫平，我的三個小孩分別被送到不同的農場，我沒有能力撫養他們，但有好心人願意收留他們。我照常工作，不過我的心思不知飄去哪兒，我只是不由自主地行動：牲畜、放牧、牛棚，然後重新開始：牛棚、放牧、牲畜……

而**犯人**，他的厄菈莉則是另一回事。這個臭婊子毀了他。或許，把我們凝聚起來的是我們的不幸，是因爲我們對一切都不再感興趣。不過他把他的悲慘遭遇掩飾得很好。

我們第一次相遇，是去年三月的事，在酒吧前，他，從裡面走出來，而我，不敢走進去，想想看，像我這樣的糟老頭！那是在阿爾泰二區，住了很多家庭，自然也擠滿了小孩，所以得成立一所國中，**犯人**便在國中上班。酒吧位於國中對面，離家樂福商場不遠，不過可不是廉價的小酒館喲，而是很高級的，外面有一盞藍色霓虹燈閃爍著「阿爾泰俱樂部」六個字。**犯人**是常客，不過他不是酒鬼。有一天晚上我們錯身而過，那是去年天氣開始放晴的時候。夕陽落在高壓電塔、起重機、混凝土攪拌機的後面，它們被夜幕籠罩而忽然一動也不動的，就像我年輕時農場頭家釘在木板上然後放進專用玻璃櫃的昆蟲。那個時候還沒鋪好柏油路，我們只好走在工地的爛泥巴裡，比秋雨綿綿的田野更爲泥濘。**犯人**的鞋子沾滿泥巴。

他看著我，雖然一臉疲乏，不過我卻瞥見他眼底下閃過一絲光芒，不會有錯

——我只對那些看過這道光芒的人說，至於那些沒看過的人就算了吧——我們之間立刻產生一股想要在一起的強烈欲望，因爲他也在我長滿眼屎的眼睛裡瞥見那道該死的光芒……

從此以後，我們自然而然地變成同甘共苦的好兄弟，今天，要不是賈伯路囚禁我，我早就奔到他的病榻前守著，爲他打氣。

我們一起混了九個月，一直到上個禮拜賈伯路逮到他才結束……

我沒工作，很自由，我還是能夠幫忙打點。我不是一下子，而是慢慢地搬到他家，我在他家眞正安頓下來是四月中旬的事了……他和他婊子的情況變得很糟糕……如果他知道我和我的厄菈莉在一起時有多麼融洽……哦，要是他知道人可以過得很快樂，他會非常難過……

我和**犯人**一起時，我們靜止不動、一聲不吭，就這樣度過好幾個鐘頭的時光，我們的緘默手牽著手。

• • •

墓園開棺驗屍結束後，賈伯路返回巴黎，而**找碴人**則留在**小孩**長眠的諾曼地小鎮附近。

他帶著一位女記者到數公里外的餐館吃飯。如今餐桌上只有殘餚剩羹，他懶洋洋地叼著菸，開始侃侃而談，而他們剛吃完的這頓飯由報社付帳……殘留著蟹肉的螃蟹殼變成了菸灰缸。

「哼，妳知道的，」**找碴人**說：「手續太簡單了，只要隨便簽一張表格就得了，喏，埋到地底下，再也沒有屍體，怎麼可以這樣草草了事？沒有證據，沒有證據，哼，有心的話，一定找得到！」

「他們說他真的瘋了，他把市公所的公報統統看過。」她大膽說。

「笨蛋才會相信這些胡說八道。」**找碴人**斥責道，同時點燃一根菸。「鬼才相信！」

「不過**小孩**的驗屍並沒有進一步結果？」

「嗯……我費了九牛二虎之力才說服家屬，哦，他們都是老實人！注意聽好，對**小孩**，我沒話說，總之，做得很漂亮：門打開，朝屁股踹一腳，躂躂躂，被幹掉，想想看，一團細皮嫩肉撞到電線桿會是什麼光景，嗯？**老太太**應該有傷痕、瘀傷吧？」

「噢，那是比**小孩**早兩個月的事了，據說屍體不太好看……」

「不太好看？當然囉，瓦斯哩！絕不秀色可餐，而且肺部萎縮，她是個老菸槍，抽很濃烈的捲菸，可想而知嘛！他們把她的肺臟切得亂七八糟，不過眞該看的是別的地方……她或許曾經抵抗過？」

餐廳服務生送來兩杯干邑白蘭地。**找碴人**對著光舉起酒杯，欣賞酒精金褐色的光澤。

「**老太太**埋在哪裡？」

「提葉墓園[4]裡，她有個姪子，我後來還是決定慫恿他提出申訴，不過沒有

4　位於巴黎東南方的郊區。

用……」

「但是**老太太**和**小孩**並不關你的事？」

「不對喔，如果我能從他們那裡找出問題，**肉店店員**這件案子也一定不單純！公司不想付錢嘛！」

「當然，當然……」女記者嘟噥道。

「哼……所以我抖出內幕：阿爾泰二區局長沒做調查就批准埋葬許可證！是不是能請貴報報導一下？沒什麼好顧忌的，就說有人把瓦斯灌進**老太太**的支氣管，然後繼承一筆財產，但案子就這麼結了！」

「沒錯……只是**老太太**並沒有財產！」

「我只是舉例嘛！這是很容易就想到的假設，你的祖母還健在嗎？」

「我的祖母和外祖母都過世了……」

「噢？不管如何，**肉店店員**這件事，我一定不會那麼輕易就放手，的確，屍體是沒什麼問題：胸腔碎裂，心臟纏繞著椎骨，肺部呈泡沫狀，是受到撞擊沒錯，而且只撞一次，這也是無法辯駁的事實，不過自行車……」

「自行車？」

「車子撞得面目全非。如果只撞一次，爲何車子會折成四次，嗯？折成兩次還說得過去，可能迎面撞擊，我也不希望雞蛋裡挑骨頭，不過折成四次？連椅墊都飛出去，車輪輻條也歪七扭八，好像被一再地輾壓……」

找碴人忽然氣喘起來，連忙住口。他把雙唇浸到酒杯裡，接著舌頭愉快地發出嗒嗒聲，一旁的女記者則在記事本上振筆疾書。他答應給她獨家訪談，不過交換條件是報紙需以粗體字登出公司名稱。**找碴人**稱之爲「交易」的這個交易很合理。「妳可以得到消息，而我，我可以趁機提升在公司的地位，我正有此需要。」

找碴人是個身材瘦高、眼神陰沉的傢伙，三十歲不到，專靠一些不太光明磊落的手段謀生——併購破產商店或奄奄一息的企業心理諮詢事務所——最後進入這家保險公司……一隻專門趁火打劫的禿鷹。

女記者是滿漂亮的小女人。他們走出餐廳，來到海鷗到處飛舞的海灘上。**找碴人**撿起幾顆卵石丟得遠遠的，但沒打出水漂兒。

後來他們回到**找碴人**那部快要報廢的瑪莎拉蒂老爺車上，相偕返回巴黎。

「對了……你對老李歐有何看法？」幾分鐘後，女記者開口了。

「啊，這個傢伙，要是他願意開口，我們就知道來龍去脈了！門都沒有，不能從他口中套出什麼！」

後來坐在駕駛座上的**找碴人**轉過頭來看著女記者，把手放在她的膝蓋上，問道他能否信任她，百分之一百信任她，她點點頭。

「你知道，」他繼續說下去，「我是第一個踏進公寓的人……其實不算第一個，但也差不多啦。你聽說過錄音帶的事嗎？嗯……我在警察到達前摸走一捲。」女記者驚得瞪大雙眼，**找碴人**滿不高興地噘著嘴。

「喔唷……」他說，「我只是隨便拿走一捲啦，但我聽不到被賈伯路搶走的那些錄音帶。」

「眞的是日記嗎……有自白嗎？」

「或許吧，但我手上的那捲錄音帶不知在說些什麼，喏，你聽聽看。」

他從外套口袋掏出錄音帶，然後放入汽車播放器播放。先是安靜無聲，接著**犯人**的聲音回響在車子裡。外面下著雨，雨水沿著車窗淌下。

噯呀！噯呀！老李歐，我們要為自己感到驕傲哩，嗯？這個賤女人、潑婦、狐狸精、害人精，她永遠也不會被人找到。老李歐，要守好祕密哦？我們來發誓，朝地上吐痰，歃血為盟，我們是拜把的好兄弟！

好，今晚有個浩大的計劃，那就是布置南區。挖土機、大工地，得全部清空，李歐，得全部清空，正前方，朝浴室—客廳的方向，快速道路，高鐵，你看見它們有多麼美妙嗎？最新模型、三節車廂、車頭以及交通標誌，我們要開路，來幫我。你口渴嗎？不行，你已經喝得夠多了。

記得提醒我買袋子，快，火車必須通過，這樣才有進展。你覺得那個賤女人聽得見我們說的話？來吧，這就對了，繼續挖到沙發那裡。

嘿，李歐，我不在家的時候，如果有人上門，安靜，守緊口風，閉嘴，**tutti quanti**，[5] **morituri te salutant**，[6] 噢，李歐，你沒學過拉丁文？

5 拉丁文，有等等之意。

6 拉丁文，意爲瀕死的人向您致敬，古羅馬時代角鬥士在進行拚死搏鬥前向皇帝說的話。

啊呀，這個賤女人，卻要我重新學拉丁文，參加督學考試，你看我這把年紀還考得上嗎？我得練習不同的講法和主題，Carthago delenda est，[7] dicitur Homerus caecus fuisse，[8] 不，我跟你發誓，這都是她的餿主意……把她做掉是對的。

對了，我的拉丁文還不錯，不過這個考試，我最好選擇史地類，而不選拉丁文，李歐，你睡著啦？

李歐，你是好人，但不太有文化。

「喏，就這些。」**找碴人**切掉音源後說道，後來車子陷入寂靜數個小時。他回到家後把錄放音機接上電源，打算整晚重聽這捲錄音帶……

---

7 古羅馬政治家加圖（Cato）留下的名言，意爲迦太基必須消滅。

8 拉丁文，意爲：據說荷馬是個瞎子。

老太太和**小孩**在墳墓裡抱拳睡覺，**肉店店員**也是，但他的長眠因爲開棺驗屍而被迫中斷，而他的驗屍早**老太太**一步進行。

但**闖入者**卻不然。他的遺體躺在哈貝堤岸太平間地下二樓的冰櫃裡，靜靜等人前來詢問他有什麼話要說。

已經一個禮拜了，他饒有耐心地等待，對於手術刀、鑽頭或其他更銳利的工具的檢查和詰問，也都來者不拒。

賈伯路雖然不相信腹部——其緊繃皮膚下的五臟六腑慢慢沁出惡臭的黏液——能打開尊口並吐露眞相，而且還能立即被譯成法律術語，卻很震驚地打量著這個腹部，彷彿它無論如何已經準備好招供，而供詞將出其不意地從這沉靜赤裸的遺體湧出，就在巴黎太平間的地下室裡。

每一個冰櫃都掛著一張白色小標籤，上面寫著名字，沒有名字的，就寫著一個號碼。賈伯路爲死者及其衣物的整理能如此縝密感到著迷。他們的衣服都放在隔壁的房間裡，被小心翼翼地折好、裝在塑膠袋裡、貼上標籤。

這裡的衣物可說是應有盡有，彷彿是狂歡節舞會用品店，有晚宴服、軍服、教士長袍，教士長袍旁邊的是一副吊帶襪，好像不知什麼魔鬼狂歡後留下的遺跡。也有一些很尋常的衣服，近乎動人的平凡，它們極力保有自身的平淡無奇，拒絕被盤旋四周的冷峻魔力同化。賈伯路用指尖輕觸釘在**闖入者**衣服袋子上的硬紙板，紙板上的盤點紀錄簡單明瞭：

有「Camif」[9]標籤的深藍色聚酯纖維西裝／同品牌的帆船鞋／同品牌的內衣、內褲、襪子／一條舒爾醫師品牌的抗風濕腰帶（註：褲子與內褲在左右屁股和右小腿肚處有嚴重腐敗跡象。）

太平間的值班人員對賈伯路局長深夜造訪早已見怪不怪。他們看著他獨自搭電梯，往地下室去……

不過去諾曼地參加小孩開棺驗屍後回到巴黎的那個晚上，奧利機場發生一起嚴重的墜機意外：一輛輛呼嘯而過的救護車擾亂他前往停屍間的朝聖情趣。由消防隊交出的第一批袋子的內容物看來，可以套用賈伯路那位就讀亨利四世高中的姪子的話來形容：「事情大條了」。

局長離開騷動不安的現場，沿著塞納河往拉丁區大步走去。從晚上開始下的雪已經覆蓋冷清清的人行道。天氣冷冽，警察總局其中一個樓層的走廊盡頭處，負責看守老李歐的警衛神色憂傷地凝視著巴黎的屋頂。

他用袖口把吐在柵欄窗玻璃上的霧氣抹去的時候，賈伯路走進辦公室。

9 Camif是法國大型零售公司，法國社會一般認爲教師是Camif的常客，尤其是本書寫作的時代，不過這個刻板印象隨著時間動搖並走入歷史。

• • •

「嗨，李歐，你好嗎？」賈伯路大聲說。

辦公室的空間頗爲寬敞，但堆滿東西，凌亂得難以置信。李歐坐在椅子上，夾在龐雜的文件和衣物堆裡，彷彿是一個小道具，他的額頭窄小、眼神呆滯。賈伯路走進辦公室時，他差點兒驚跳起來。他兩眼無神地盯著一張露營桌，桌子上堆放著許多鐵道模型和錄音帶。

「可憐的李歐，」賈伯路繼續說，「老是那麼安靜。」

「他一直待在這裡……」值夜班的警衛說。

賈伯路在李歐面前坐下，兩手支著下巴，盯著李歐看了好一會兒。後來他拿起一捲高檔的二氧化鉻錄音帶，當他按下播放鍵，立刻傳出**犯人**的聲音。

別擔心，老李歐，那個賤人已經付出代價了，現在，我們倆可以耳根清淨一點，嗯，你說是嗎？別擺出這副臭臉！她一定不會被找到……

這樣做是不對，不過我受不了了，不能這樣折磨一個人。老李歐，你應該很清楚這些的，不是嗎？她不會再穿高叉裙挑起我的欲望後，又說不准毛手毛腳，沒用的東西，伊蓮絲質般柔滑的肌膚，不是給你碰的！

嗳，李歐，你說是吧？我真想操她，沒有一刻不想。但我是癡人說夢，而且一年到頭都甭想，除了兩三次例外，我的生日、耶誕節和八月十五日，我問你為何八月十五日可以？我想不通，不過八月十五日就是可以。其他時候，不行，說什麼也不行……沒用的東西，美麗的伊蓮說我是沒用的東西，老李歐，不過現在都結束了，沒有她，我們倆會過得很好。

別走近那裡，李歐，我不希望你太靠近。她在這裡，得忘記她，我們要把她藏好，製造一點噪音，對了，我要買一個火車頭。

她不希望我買火車，你相信嗎？家樂福有個專賣區，不怎麼樣，不過還是能找到一些器材，像是安定器、電燈、電線。

而火車、車廂、房子，我到別處買，到巴黎，嘟嘟嘟，李歐，我們倆可以好好玩火車，笑一笑！李歐，你生來就有一張火車站長的臉，你知道那首歌的，火車站長戴綠帽，火車站長戴綠帽……

哦李歐，這首歌刺痛你了？不！你這個年紀不會受傷了……你不能戴綠帽了……而我，我就會，哎唷唷……就只剩下火車沒壓在她身上吧；學校餐廳學監、競試科科長、督學，或許我以前教過的學生，都跟她有一腿，為何不？

至於和督學的事，這是千真萬確的，放假前的最後一天我親眼看到。那一天學校有個小酒會，好吧，就是大家都有點喝醉了，我和體育老師的助理一起去貯藏室再拿幾瓶茴香酒，而他們在學監長的辦公室，她，她穿著那件高叉裙，而他，他把肥大的手掌伸進她的裙子裡，兩人的嘴唇難分難捨地黏在一起！

為了不想在體育老師的助理面前露出窘樣，我淡然一笑，並說：「噢，好一對戀人啊，現在正是談情說愛的季節。」便趕緊把門關上。大概是因為伊蓮的裙子吧，助理露出很興奮的模樣。李歐啊，我跟你打包票，那個房間透露愛意、乾草、春天、發情的味道，裡頭有所有一切她拒絕我的東西。我對助理使了個眼色，告訴他我們是一對很「開放」的夫妻。我們帶著茴香酒回到用餐室，為了讓自己看起來若無其事，我捏了一下女音樂老師的屁股，她目瞪口呆地看著我，我卻趕緊溜走。

助理看到了這一幕，所以「開放」夫妻的故事還站得住腳……

後來，當天晚上在家裡，就在你住進家裡前八天，我罵她是騷貨、蕩婦、婊子、娼妓、軍妓、五塊錢就能搞的小妓，她只是安靜地任由我罵，沒有張開她那兩片美麗的嘴唇。她一如往常地聳聳肩，似乎在說：你說的每一個字，連兔子放的屁都不如……

然後她轉身往浴室走去，或許她不是故意的？她踩到我的調車場！總共花了兩百片才做好呀！那個禮拜每天晚上我都在組裝，一片一片黏妥，我特別訂購顏料為它上色，轉印哥德字母，它應該跟我的德國國鐵線很速配，那套德國國鐵線被放在客廳沙發底下，用螺絲固定在塑合板上，它實在太龐大了，不能一直擺在外面……

……她那雙赤裸裸的腳丫子套在雞毛高跟涼鞋裡，我一直很不喜歡這種鞋子，太庸俗了，像伊蓮這樣的女人，踩著一雙雞毛高跟涼鞋，想想看！……調車場共有三棟大樓，排成星形，她的腳剛好踩到主樓，塑膠模型這下被壓扁……我大叫起來。

快，我急忙推開她的腳，查看損壞情形，能救回來的不多，我得重買四分之三的模型片……

我呆在原地，手裡拿著一截被踩扁的塑膠模型，不知如何是好。而她跟平常發生這類情況的時候一樣，變得特別溫柔體貼，她跪在我的身邊，雙手摟著我的脖子；老李歐，她這個吻可真是溫暖啊，翌日，她去巴黎買模型調車場塑膠片，還包裝成禮盒，另外又買了Hornby H. O.出品的最新產品：一個美國國鐵Grant 302蒸汽火車頭，我收集的南北戰爭線剛好少了這個火車頭。

那是一個漂亮的機器，黑魆魆，熠熠閃亮，我已經有車廂，我還在等最後一期的課後輔導津貼——總務主任老是拖欠——下來才要買。我馬上啟動火車，它的確令人讚嘆，你知道的，李歐，它爬上我用保麗龍做成的小山丘，還載著一群藍色士兵……

伊蓮就是這樣的女人，忽冷忽熱的，前一秒無情無義，下一秒滿口甜心寶貝，對我又是親吻又是愛撫。

是，是這樣沒錯，因為接下來的星期天，就在出門度假前，她做了幾道小菜準備吃午飯，我很開心，不過卻來了一位客人：督學。李歐，你看，她的確是個不折不扣的臭婊子……

• • •

噯呀，關於伊蓮，他說對了，她不是個好女人，我跟她也不太熟啦，不過，對於女人，我的感覺很靈敏，我堅信我的厄菈莉是女人中的極品，而他的伊蓮則是臭得發酸的爛女人。

不過肉體很脆弱，我們很容易被細腰翹臀的胴體或甜言蜜語沖昏了頭，喀嚓，掉進陷阱，陷阱瞬間關閉。

我第一次和他的伊蓮見面時，她對我拋了一個媚眼，讓我背脊發涼欸！我和**犯人**在阿爾泰俱樂部前相遇那晚，我們在學校對面的空地上走了一會兒才分手。接下來好幾個晚上，我又在同個地方碰到他，後來有個晚上，他邀請我去他家玩，這個主意還不錯。

噯呀，他這位伊蓮的反應卻不太友善。她把**犯人**臭罵了一頓，質問他如果他勾搭上的是這一咖——也就是我老李歐啦——，那麼絕不是跟我這種落魄潦倒的癟三廝混，他就能通過競試升爲督學……我不忍心看他們吵架，於是趕緊溜走，不過還是顧慮到一定的禮數。

我走下樓梯間時，故意拉長耳朵，但很難從他們的尖聲大叫聽出個所以然來。我不太喜歡這樣，因爲我和我的厄菈莉，雖然我們也會吵嘴，不過絕不會當著別人的面前吵……

後來，我們每天晚上在阿爾泰俱樂部前碰面，不難猜測他家裡每況愈下。

接下來有好幾天我都沒有看到他。我在學校附近閒晃、等待，反正我也沒別的事好做，我讓命運推著走，我也告訴自己，這個傢伙和我是天生的一對，啊，這可一點都不假！

有一天我看到他了，他和幾位同事一夥，我不想讓他尷尬，所以沒有上前和他說話。但他那副臭臉是故意擺給我看的嗎？

接下來的整個禮拜都沒看到他的人影，但忽然有一天，他站在阿爾泰俱樂部前對著我揮舞雙手，他用力拍打我的背，說我是他的老李歐。他看起來神采奕奕，上車後，他給我看他買了什麼好東西，準備爲我們倆做一頓大餐。

我們到他家裡，我小心翼翼地把那兩片鬆垮垮的屁股放在座椅邊緣，等著看伊蓮見到我坐在她家客廳時的反應，她一定會大呼小叫，而上一次我還帶了一些泥巴，弄髒她的割絨地毯……

我害怕得要命，但我有好一陣子沒吃過像樣的一餐，我沒必要撒謊，我打定主意對女主人低聲下氣，只求塡飽肚皮就好。

可是，房子靜悄悄的，而他忙著準備飲料；他從我訝異的神情看出我猜出事情不太對勁。

他開始跟我打哈哈，叫我不必戰戰兢兢，沒什麼好怕的，伊蓮已經被我「冷卻下來」，他說。「冷─卻─下─來」，而我，我一向把別人的話往好的方面想，以免惹上不必要的麻煩，所以我想成伊蓮染上流感，雖然這個季節得流感很奇怪，不過，他說她冷嘛。

別佯裝聽不懂，老李歐，他繼續說，你不是笨蛋，我把那個臭婊子給殺了！

我的牙齒上下打架，咯咯作響，因爲我和他一起在他家裡，我知道事情會變得很複雜。我大概露出想問他爲什麼要這麼做的樣子，因爲他嘆了一口氣，說：「爲什麼……爲什麼……」，他不知道爲什麼他沒早點殺掉她，爲什麼到現在才做，或許是因爲他從客廳小桌子上的信封袋裡掏出來的那份文件。

我又沒考上督學欸，他說，伊蓮根本不把我放在眼裡，這比什麼都令人難以忍受，所以我幹掉她。

我在公寓裡繞了一圈，想知道她被放在哪裡，他把她的衣物清得一乾二淨，原本放在浴室的乳液、女人用品統統消失不見，衣櫥也空出大半，這是個好現象，至少他把她過去存在的痕跡都抹煞掉，不過最重要的還是屍體。看到我狐疑的表情，他咯咯笑起來，又喝了一杯茴香酒。

你想知道她在哪裡，嗯？你這個老渾球？他用拇指往後面的廚房指了一下，我往裡面看，但什麼也沒看見。

在冷凍櫃裡，他說，她在冷凍櫃裡。那是一個大型冷凍櫃，幾乎跟阿爾泰俱樂部存放羊後腿和雞的冷凍櫃一樣大。

我眞的大大地吃了一驚！我趕快找椅子坐下。他已經洗掉全部血跡，到處都很乾淨，現在，這個臭婊子待在Camif的冷凍櫃裡，就再也不會打擾我們了！

看到他那麼快樂，我的心情也跟著變好，後來我們用他買的所有食物做了一頓大餐，我們大吃大喝、打嗝、放屁。我度過有生以來最美好的一夜，噢應該說，我可憐的厄菈莉去世後最美好的一夜。

第二天我搬進他家，我有自己的角落，他有他的地盤，我們各有各自的天地。由於我沒地方住，我只好對冷凍櫃的事睜一隻眼閉一隻眼，他有點防我，我不怪他，他在冷凍櫃的門上裝了一條大鐵鏈，又放了幾袋垃圾，我們再也不踏進廚房一步，並改到浴室的洗手臺洗碗盤。我們像兩個山大王，完全不受外界打擾，而隔壁原本住了一位**犯人**的同事，由於長年累月不堪學生起鬨鬧事，最後終於發瘋，現在在鄉下的瘋人院養病。

我的朋友和我，我們過著將近六個月的快樂生活，我四月搬進去，直到九月日子都過得一帆風順，我們也沒外出度假，七、八月時，**犯人**到育樂中心打工賺更多錢。

是的，一直到新學年開始前都過得風平浪靜，後來，情況才急轉直下。

• • •

賈伯路花了一番心血才將這些錄音帶按照時間先後順序歸檔，他很有耐心地將錄音帶全部聽過，希望找出**犯人**犯罪的證據。

當初這些錄音帶亂七八糟地裝在一個帆布袋交給他，他沒想到**找碴人**已經摸走一捲。如今，他甚至能夠將某些段落倒背如流，譬如開頭的部分，句子結構比較完整。他想像**犯人**忙著組裝模型的同時，也對著錄音機開罵，而老李歐則淡定地在一邊觀看。

因爲完全聽不到李歐的聲音，讓人不難想像李歐對**犯人**的話既沒有反應但也不嫌棄。

• • •

不嫌棄，不嫌棄，我幹嘛嫌棄他？他對我很好啊。可憐的傢子，他希望我能給他一些幫助，我其實也滿喜歡他的，是他把我從**找碴人**的魔爪裡救出來，**找碴人**是第一個看到全部景象的人，其實也不算第一個啦，應該是第二個，他之前有大樓警衛。

警衛把門撞開時，**犯人**、**闖入者**和我，我們三人都在裡面。他踏進公寓一步，啪啦，就昏迷不醒了。有個老兄和他一夥，他把頭伸到門縫一看，慘叫一聲便溜得不見人影。

我藏在「峽谷」裡，**犯人**都這麼稱呼那個通往我房間的走廊。我聽見一陣聲響，就看到**找碴人**趕來了，他拿著手帕摀住鼻子。他站在門外，搖著頭，口中念念有詞：「太可怕了，太可怕了。」他看到錄音機和錄音帶，說時遲，那時快，他已經拿走一捲錄音帶。大概會轉賣給記者吧。後來他走到門外，大叫「消防隊，趕緊叫消防隊啊！」

而我，我趁這個時候溜走。我從警衛身上跨過去，他仍然昏迷不醒，我趕緊跑到頂樓，然後經由緊急出口爬到天臺上！我再從天臺來到隔壁大樓樓頂，幸好大樓和大樓有連接起來啊。我看見底下街道上開始聚集消防隊員、警察，還有幾個婦女大叫「眞叫人不敢相信」。

我稍微鬆了一口氣。邊城的人都知道我住在**犯人**家，但沒人看到我在公寓裡和**闖入者**在一起，因此沒人能指控我！

保安隊。我好幾年前就看過他們，在農場時，曾有雞被偷，有個王八蛋誣賴我，說也許是我偷的！他們沒把這些閒話當一回事，不過我很清楚，多提防這些保安隊總是對的。

•••

賈伯路爲自己倒了一杯咖啡，小口地啜飲著，同時聽著**犯人**從喇叭放出來的聲音。音質不是很理想，因爲只有兩個按鈕，一個控制大小聲，一個控制高低音。

「他瘋了，嗯，李歐……?」賈伯路嘟噥道。

他打算放棄，不再繼續追查，交由法官自行處理這些錄音帶。他最痛心的，是這些模型火車，它們會落到什麼下場呢？有幾套價值不菲，但不能送給犯人任教的國中，要是犯人能順利脫離險境的話，也不能留在牢裡陪犯人服刑。它們會占掉牢房大半空間。而賈伯路早就把美國國鐵線的 Grant 302 蒸汽火車頭占爲己有。那個模型非常精美，現在好端端地挺立在他的書架上，煙囪上有一個洞口，可以投入小煙霧丸，如果縮減實際空間大小，能產生非常逼眞的效果。

我必須說話，我什麼事都告訴李歐，但他老了，或許再過不久就要死了，不管怎樣，他的腦筋越來越糊塗了。

我必須說話，必須自白，必須招認。我感到很快樂，我殺了她，她不斷騷擾我，不讓我有喘息的一刻，她妨礙我好好過活，老是逼我考什麼競試，好賺更多錢，而她真正在意的是我能因此變成重要人物。

然而，我對目前的生活感到很滿意哪。在學校，我有自己的班級，十五個學生左右，是放牛班，但學生都跟我處得很融洽。

伊蓮是圖書管理員，靠著那件高叉裙，她把督學、競考科科長以及那個滿臉青春痘的餐廳學監迷得團團轉。

她沒有理由埋怨。學校配給我一間教職員工宿舍，我也打算用省下來的房租去Camif賣場買輛拖車，做度假用，而Camif賣場的價格很優惠。

現在我把她給殺了，她就不能坐著Camif的旅行拖車去度假了。當然囉，住在阿爾泰不是多麼美好的事，我們卡在郊區國中和雪鐵龍車廠之間，不過比上不足比下有餘啊。這樣的小康生活本該足以應付她的需求，她跟我一樣，出身寒微，現在她死了，她活該。

•••

是啊，我對他著手記錄日記的那天晚上記得清清楚楚。雖然說是日記，但因爲他的手忙著組裝模型，一下要修補、一下要焊接、一下要上顏料，所以他不能手寫，只好用說的。

那天晚上，當他說他殺了伊蓮，就不必買Camif旅行拖車，而省下的錢能買一堆火車頭時，他正全神貫注地用膠水組裝一間塑膠教堂。他因爲戴了一種鐘錶匠也常戴的玩意，使他看起來很奇怪，我不太喜歡。

剛開始時他故意講得很慢，後來講得很激動時，就沒那麼有條理了。

⋯

在我還沒殺死伊蓮還以顏色之前，我能從我的教室看到她坐在辦公室裡。我在矮牆邊上放了一排綠色植物，有個學生會負責澆水。班上每件事都有專人負責打點：阿邁德負責植物，弗萊德利克負責粉筆，朱里安負責擦黑板，佩德羅負責收作業，尤瑟夫負責領郵件或送行政通報到校長室。倚在窗邊，我看得見操場。操場上的水泥地面凹凸不平，矮樹叢奄奄一息。位於一樓掛著藍色窗簾的辦公室是圖書資料室，也是伊蓮的辦公室。我在教室裡看著餐廳學監和學監長去找她。現在，她得到教訓了。

她一心期望我能成為督學，於是逼我參加內部升等競試，我落榜了三次。我求學是很久以前的事了，如今我得跟一群剛離開校園的年輕人一起考試。別說教學法經歷許多演變，伊蓮要我讀的夏山學校相關書籍，我也讀得索然無味，而做心理學練習題更是痛苦，他們只會強調那些刺激小孩腦袋的東西，而不教小孩更堅固的基礎；像是文法和算術。伊蓮嘲笑我、嘲笑我的外套、嘲笑我的筆記本，我喜歡在第四格用藍筆寫上日期，用綠筆寫上課程主題，不過，這樣的確很管用啊。此外，我實在看不出我當督學的模樣，薪水多，誰不愛啊，但是自從住進教職員工宿舍，日子好過多了。

宿舍的窗户有些對著學校、廠房，有些隔著草皮和雪鐵龍車廠對望。但這些還是不能滿足伊蓮，所以我得教訓她。其實對我們兩人來說，三個小房間已經足夠。噯唷，是比不上督學位於阿爾泰一區中心的透天厝啦，不過也算不賴了，幹嘛非得過奢華的生活呢？

她也可以跟那些在工廠上班的人比較呀，我不是說要跟工人比喔，那也太誇張了，但起碼能跟工頭、領班比啊，我們這棟樓就住了好幾位，我呢，我的工作有保障，有固定的假期，也受到工會保護，除此之外還享有許多福利：Camif、教師保險、利率很高的儲蓄帳戶……我還以我們兩人的名義開了一個養老帳戶，不過如今她活該，因為將由我一個人獨享所有的好處。

剛開始時，她很善解人意，說什麼我也不會懲罰她，但四年後情況惡化，她變得愛慕虛榮，滿腦子希望我賺大錢，管一票人。

但這些並非我的人生目標，我很知足常樂，於是她開始報復，怎麼做呢？哎唷，她跟我分房睡。她布置第二個房間時，她很高興有Camif，這個工程花了不少錢。還好，我比往常上更多輔導課，不過錢還是不夠用，她永遠想要買更多衣服。而且她不從比較便宜的Camif服飾型錄上物色，而去巴黎血拼，花錢啊，拚命花錢啊。最後我沒錢可買火車模型，只好開家教班掙錢。她花得越凶，我越是辛苦，上課、在學校餐廳吃飯、週六下午上家教、放假期間到育樂中心兼差，於是我更沒時間準備督學競試，這也證明了她腦子有毛病，不然她就不會亂花錢了。而且，她從不去學校餐廳吃飯，也不必做什麼事，她不會被鬼叫個不停的小孩搞得筋疲力盡，她只是一個人悠哉地待在圖書資料室裡，跟那些學監搞七捻三。臭婊子，做掉她是對的，沒有人覺察到異樣，也沒有人問我她的近況，她就這麼「走了」，我都跟別人說她回父母家去。

我賣掉她的床鋪、五斗櫃、健身器材以及讓我荷包大失血的無輪單車。我把賣的錢存到儲蓄帳户裡，明年復活節，我可不想再錯失機會，我一定要去斯圖加特參加國際模型展。

• • •

賈伯路去了一趟**犯人**的教室，他看到那些營養不良的多肉植物、貼在牆上的相片、《鐵路生活》雜誌的剪報，「珊瑚」列車[10]馳騁在綠意盎然的風景中、引擎剖面圖、鮮紅的車頭……學生的作業簿整整齊齊地疊成一落，每一本都穿上塑膠保護套，顏色視科目而定。賈伯路翻閱了其中幾本，**犯人**都寫上評語，他的筆跡纖細而筆直，全用蘸水筆寫成，書桌上還擺著一大瓶Waterman紅墨水。**犯人**的字筆劃有粗有細，有時責罵學生，但如果學生寫得好，他也不吝讚美。灰色罩衫仍掛在衣架上，口袋裡裝滿粉筆。書桌抽屜裡有一本記錄得很詳實的點名冊、沒收的物品——

水槍、漫畫、小折刀——以及各種文具。靠近教室門口的課程表旁邊有一張法國國鐵局出品的年曆：在復活節的日期上，**犯人**在空白邊緣處畫了一個紅色叉叉，並以斗大的哥德字體寫著「斯圖加特」。

賈伯路走在操場上，內心充滿懷舊之情。這所國中跟他小時候就讀的國中完全是兩碼子事。他以前的國中是一棟魁偉的石砌建築物，四周圍繞著連拱廊，還有玻璃天棚、栗子樹，也有一個下課鐘……而眼前這所國中以兩排組成T字形的大樓爲主，大樓上一排排髒兮兮的窗玻璃上因爲裝了醜陋的鐵條而顯得更陰暗；操場圈著鐵絲網，警衛室附近矗立著一座病懨懨的鋼筋混凝土雕像，雕的是一隻大胖魚，它靜靜地垂死掙扎，嘴巴張得開開的……

賈伯路搖搖頭，思忖著這種恐怖的景象並不能幫助那些孩子長大成人後對年少時代有所懷念……

10 法國國鐵局於一九七五年推出由Roger Tallon設計的「珊瑚」（corail）列車，「珊瑚」（corail）一字其實結合了confort（舒適）和rail（鐵路運輸）二字，也點出該列車的特質。

邊城大樓面對著學校，這些大樓都張貼著工會海報，抗議雪鐵龍車廠裁員，每一棟大樓都很相似，只是有的塗成赭色，有的塗成藍色。

•••

哦，當然，雖然看起來沒什麼，不過照顧小孩是很重大的責任。伊蓮永遠也無法了解。她只會忙著為校長影印或訂購文具。

尤其是今天，照顧小孩變得越來越棘手。他們十四歲就開始吸毒，我們禁不住暗忖他們最後會落到什麼下場。他們把強力膠放進家樂福塑膠袋，然後吸食這種玩意，而你們只顧著問他八乘以八是多少……那些通過督學競試的人不了解這些。夏山學校裡大概看不到強力膠吧。他們只會搞理論，而我是實踐家，我從一個四十五個學生的班級帶起，所以想當然囉，要面面俱到是不太可能……

伊蓮用知識份子的眼光看待這一切。都怪督學和他的教學演講使她得了大頭症。她幫忙準備演講內容，因此她學到所有虛浮的字眼，還以為我的能力比不上他，甚至什麼都不懂。

在家裡，她什麼事也不必做。我自個兒燙襯衫，自個兒送洗西裝，而夫人則忙著上健身俱樂部，去文化中心上舞蹈課或陶藝課，但我不敢想像她和我在社區中心舉行的模型派對曾有一面之緣的落腮鬍教練會撞出什麼火花……我確定，她跟督學、餐廳學監、學區小職員都有一腿，但這個落腮鬍教練，我就沒那麼鐵齒，至於我啊，蝦米都無。她洗澡時會把浴室門關上，如果我碰巧在不當的時刻走進她的房間，她會告訴我應該先敲門！

如果哪天有人願意傾聽，當他聽到這些自白，便會了解我的所作所為都是有意識的，她是罪有應得。現在，我要去睡了，我實在太疲倦，明天，還得應付一整天的考試。晚安，李歐。

●●●

我，我能怎麼辦，聽他說這些話，我也很難過啊。還有，我看到賈伯路對這些火車頭毛手毛腳——剛才他還把其中一個弄倒掉到地上——就讓我恨得牙癢癢，不過我還是忍下來。噢，眞該看**犯人**玩火車的模樣，當火車跑動，當米其林輪胎火車通過道岔，當高鐵急速駛過峽谷朝著我的房間前進，他雙眼閃閃發光，像個小男孩，而賈伯路似乎不能明白這些。

我也跟著很開心，而他笑得瘋瘋癲癲的，我三不五時會朝廚房看一下，朝他存放臭婊子的冷凍櫃看，他用力在我背上拍打了一下，告訴我：李歐，別擔心唄，她不會煩我們了。

漸漸地，事情有了變化。先是一個垃圾袋，然後另一個垃圾袋、一個空瓶子、一截菸蒂。他把這些東西都擱在廚房裡，有的放在餐桌上，有的擺在瓷磚地板上。全是藍色垃圾袋，附有一條打結封口的細繩。等到家裡亂成一團的時候，他會拿出畚斗、掃把，然後又裝滿一個垃圾袋。兩個禮拜後，我們看不到冷凍櫃了，因爲它四周堆了太多垃圾袋，這些垃圾袋形成一座藍色小山丘，後來家樂福不知怎地，不再賣藍色垃圾袋，而改賣紅色垃圾袋，家裡也因此變得比較活潑，沒那麼單調。

不管怎麼說，當時這些垃圾袋還不怎麼令我操心，因爲那一陣子剛好遇到雪鐵龍工廠發動罷工，不管哪裡都亂哄哄的，我儘量不隨便在路上蹓躂，我已經上了年紀，稍不留神就有什麼閃失。雪鐵龍汽車工人忙著罷工，那些街道清潔工也趁機閃到一邊涼快去，因此街道上堆滿垃圾袋，有紅的也有藍的，跟我們家一樣。有些無賴會放火燒垃圾，因此路上不時冒出黑煙，把人嗆得喘不過氣。

有一天早上，那天是五月十五日，我差點在路上丟掉老命，雪鐵龍的員工走上街頭，一群條子趕到邊城。許多孩童對這些條子亂扔垃圾袋，條子們頭髮黏著蛋殼，肩膀覆蓋著咖啡渣，看起來很狼狽。

不過這段時期沒有拖太久，後來街道清潔工把垃圾統統掃掉，而犯人繼續將垃圾裝進垃圾袋堆在廚房的垃圾山四周，這下只有超能力的神算才會知道這些藍色、紅色的垃圾袋後面有個冷凍櫃，而冷凍櫃裡藏著一個臭婆娘。

有一天，我心神不寧地瞪著這些袋子看，因爲我很清楚我們倆遲早會惹禍上身，他卻跟我說：算了，李歐，別想太多，說罷便關上廚房門，並在門上釘了幾塊木條。李歐，這下你高興了吧？起碼我們眼不見爲淨。他爲美國國鐵線造了一座小塑膠橋，同時對著錄音機講話，而我，我實在太疲倦，於是回房睡覺。我白天都在雪鐵龍工廠附近看熱鬧，要讓這把老骨頭恢復體力實在不太容易。

第二天晚上，他又放了一袋垃圾，是紅色的，他擺在釘死的門前，然後聳一聳肩。

•••

……我的老李歐啊，重要的是保持乾淨，這就是我的道德觀，我知道有人會對我的看法嗤之以鼻，但那些取笑我的人也別高興得太早。現在學校不上公民與道德了，這不讓人意外，因為太落伍了，老李歐，也許是我們倆跟不上時代的腳步？

保持乾淨，換句話說不虧欠人，不必對誰有所交代，走起路來能抬頭挺胸，坦蕩蕩地面對世界，替自己也為自己的人生感到驕傲，即使只是規規矩矩的平凡小人生。人生並不好過，它有起有伏，搖擺不定，它會憤怒、不滿，不照著我們的意思走，甚至跟我們唱反調。保持乾淨，就是不需要別人，也不必求人，可以自給自足……就拿我來說吧，即使我老了，也沒人能說我的不是，我每月都繳養老金，到時候我會存好一筆錢……

而你，李歐，我一點也沒有要怪你的意思，你一直過著漂泊不定的生活，但這是另一回事，我願意照顧你，因為我是好人，不過我的伊蓮只會浪費我的錢，就好像一顆好好的蘋果才咬兩口就被丟掉，卻不考慮這蘋果的價格。我說這些並不是真的捨不得蘋果，我只是打個比方。

必須保持乾淨、整潔，避免引起慾望，更不能跟慾望投降，這是我的行事原則。看我吧，我去上課，需要穿西裝嗎？沒必要，因為我還得穿上灰色罩衫以免沾到粉筆灰和墨水。儘管如此，我的穿著可說是無懈可擊，任誰也不能挑剔我不修邊幅。

我才不像那個餐廳學監，跟個遊民沒兩樣，不能因為對象是學生就隨隨便便。我的西裝或許不如督學的高檔，也不怎麼時髦，但是李歐啊，我可以跟你打包票，我的西裝燙得一絲不苟，也從不曾連續兩天穿同一件襯衫，我還是有點尊嚴啊，我的社會地位或許比人低，不過我的所作所為不落人口實。沒人看過我喝掉超過一小杯的酒，也沒人能找出缺點數落我，我的績效成績高就是最好的明證。

學校耶誕聚會時，我們的督學先生喝得酩酊大醉！沒錯，他頂著高不可攀的頭銜，擺出一副位高權大的模樣，卻在大家面前醉得一塌糊塗，挺難堪的，但伊蓮倒全盤接受，也不覺得丟人現眼，彷彿和我一起生活沒帶給她任何好處。

你應該也猜得到，學生都看在眼裡，他們也因此特別尊重我。他們不曾吵鬧滋事，大家都滿喜歡我的。當我看到別的教室裡的年輕老師實施新式教學法，卻總是傳出學生的喧嘩聲，我常暗自竊笑，但不予置評，因為督學覺得這樣很好。真是世風日下啊，我可憐的李歐，我看整個價值體系都崩潰了，不過還是不能認輸，得堅持下去……

賈伯路聽得幾乎打起盹了。他站起身，伸展四肢，踱到走廊上倒杯咖啡。李歐已經睡著。睡夢中的他顯得更爲蒼老。賈伯路拾起閒置於檔案夾上的毯子替李歐蓋上，而李歐驚跳了一下後又沉入夢鄉。

每樣東西都擱在辦公桌上：模型、錄音帶、斧頭等等，賈伯路已經快受不了了，他只需按下按鍵便能聽到**犯人**的聲音在描述他的煉獄，一切都很簡單、明確，

「整潔乾淨」，就像**犯人**說的，每一個細節都環環相扣。

他已經那麼可憐了，何必再給他扣上其他罪名呢？現有的罪證已足以讓他在監獄過下半輩子，或在戒備森嚴的精神病院結束餘生，幹嘛還要白費力氣在這堆垃圾裡東翻西找？

不過大家都希望案情能夠水落石出，期待心中的疑惑能夠獲得證實。這些人之中排名第一的是**找碴人**，而緊跟在後的是保險公司，因爲保險公司可不想隨隨便便就拿出錢。賈伯路很氣餒，幾乎禁不起同情心和疲憊的煎熬了。

他打電話到巴黎神舍醫院的庫斯科中心[11]，不過電話忙線中，他得不到答案，因此決定親自跑一趟。他叫醒攤睡在走廊椅子上的値勤警衛，要警衛看好老李歐。而這名警衛其實根本不知道看好老李歐有什麼用。

賈伯路步下樓，披上大衣；他離開金銀匠堤岸、穿過橋。巴黎聖母院沉甸甸的軀體巍然屹立在雪花紛飛的黑夜裡，牆面上裝飾著許多滴水獸，看起來跟周遭景物

11 庫斯科中心是巴黎神舍醫院備有警力、戒護受傷罪犯的醫療處。

格格不入。賈伯路微微打了一個寒顫。

一輛警察急救車停在入口處，藍色警示燈一閃一滅，斷斷續續地照亮落下的雪花。急救專用道的鐵門終於打開，急救車駛了進去。賈伯路也跟在後面走進醫院，並跟當班的護士打招呼，他們圍著一個擔架忙不迭的，在走廊上的霓虹夜燈冷漠的注視下，幾個身穿白袍的人影來去匆匆。一兩個睡不著的病患裹著厚重的睡袍緩步閒晃。

賈伯路在庫斯科中心入口處表明身分。**犯人**下午動了手術，但麻醉藥效遲遲不退，還沒清醒過來。兩名便衣警察正在和守衛聊天，守衛背著衝鋒槍看守中心。前一天兩名搶匪在巴黎銀行分行前被員警撞個正著，雙方激戰了十五分鐘，這兩名搶匪最後也被送進手術室，取出槍戰時挨的子彈。

犯人被安頓在中心盡頭一個獨立的隔離室裡，手臂上扎了許多點滴管，兩個鼻孔也插著氧氣導管。

他變得很衰老，簡直令人認不出來。賈伯路看過存檔照片，他的臉孔透露出一種優柔寡斷的氣息，沒有蓄髭鬚也沒有留落腮鬍，才三十五歲，前額已經禿了。在他住處凌亂的雜物堆中曾找到專門治療掉髮的膠囊。

他呼吸得很緩慢，仰臥在床上，兩隻手臂平放在身體兩側，值班的實習醫生來看賈伯路，告知沒有新狀況，心臟還挺得住，不過其餘的就不得而知了。

賈伯路嘆了一口氣，暗自思忖或許拔掉管子才能得到平靜，反正，他的人生已經爛到底了，最起碼，所有的糊塗爛帳就此一筆勾銷！但是不能這麼做，除非特例……

這時巴黎銀行的兩名搶匪中的其中一位醒了，開始哇哇大叫，令人無法忍受。賈伯路向實習醫生道謝後便迅速步出庫斯科中心。

他佇立在醫院前的廣場上，有點猶豫不決，自忖是否能將老李歐獨自留在上頭而他自個兒回家去。

但他終究拖著沉重的步伐走回警察總局。李歐不在辦公室。

宮殿

賈伯路趕緊跑到走廊盡頭，撲向值班警衛。

「李歐呢？」他大聲喝道。

「李歐？」值班警衛說得吞吞吐吐。「他想上廁所，我就帶他去，不過上完後他就回去您的辦公室啊！」

賈伯路一把抓起這個傢伙，兩人一起衝到內院去。

「好，」賈伯路說，「他離開不到五分鐘，應該跑不遠，他走不快，快，把他找回來。」

他也叫另外兩個警衛加入尋人行列，同時警告他們要是沒找回李歐，八成會被調到偏遠郊區……

所有人馬立即兵分三路朝司法院、太子廣場以及聖母院奔去。賈伯路則跑到橋上，往聖米歇爾廣場的方向去。

將近凌晨三點了，路上行人不多，但有一群遊民倒在吉貝爾書店前的地鐵暖氣出口處，他們對著賈伯路大聲高唱淫蕩的歌曲，而從散落四周的劣酒酒瓶看來，他們八成中了樂透。濛濛雪花覆蓋人行道上，路旁停了一排排的汽車，賈伯路腳底打滑了一下，差點兒跌倒。

「真要命，」他想道，「他只要鑽進一條小路而恰好沒被我瞧見，就能溜之大吉了。」

路上忽然冒出一群跑趴族，有人吹喇叭，有人吹薩克斯風，他們八成剛從某個爵士俱樂部走出來，每個人直接湊著瓶口輪流喝著一瓶香檳。一個酩酊大醉的女人，身穿一件鑲滿黑色箔片的洋裝，腳踩高跟鞋，在賈伯路的面前滑了一跤，差點整個人趴在一家希臘小餐館前的整排垃圾桶上。不過局長撇過頭，踮起腳尖，察看拉鬱柴特巷子裡的動靜。看不見李歐的蹤影，或許他躲在某個大門凹陷處，或許他已經跑到更遠的地方，在克利希附近的大馬路上？

那個醉醺醺的跑趴女挺起身子，憤恨地指責賈伯路缺乏騎士精神，一陣辱罵聲頓時此起彼落。賈伯路舉起兩隻手臂，對著那個女人和她的同夥做出「去你的」的手勢，然後一把推開他們，不假思索便朝著聖塞夫杭路跑去，不過還是沒看到李歐的人影，又掉頭慢慢走到聖母院對面的堤岸，這時，他瞥見那個該爲李歐逃走負責的值勤警衛出現在橋墩的另一端，這個傢伙爲了禦寒跺足前進，後來他們倆在教堂前的空地會合，這時警衛突然忍住咳嗽，伸手指著聖母院旁邊的小廣場，只見老李歐的黑影在滾了一道白邊的黑夜裡快速移動，從一簇矮樹叢跳到另一簇矮樹叢。

「他媽的。」賈伯路咕噥道。

賈伯路趕緊跨過欄杆，不出聲地跑向李歐，李歐抵達廣場另一頭時才發現賈伯路正朝著自己追過來。

「李歐，別做傻事！」賈伯路咆哮道。「反正我一定會逮到你……停下來！嘿？你要去哪裡？別做傻事，不准動……」

賈伯路幾乎跑到他面前，這時兩人你看著我，我看著你。我大可不必掏出手槍吧，賈伯路暗忖道，這也未免太可笑了……可憐的糟老頭兒欸！李歐別過頭估計自己離十字路口、聖路易島的巷弄還有多遠，拿捏護欄的高度，最後決定低頭認輸，朝著賈伯路走去。

不遠處有一座緊急電話亭，不到五分鐘後來了一輛警車，賈伯路攙扶李歐上車，一到警察總局便把李歐帶回辦公室。

李歐絲毫沒有要抵抗的意思，只是垂頭喪氣地回去原來的位置，坐在扶手椅上。他又定定看著賈伯路，但眼神不帶任何感情，讓人不禁懷疑他並不覺得這件案子跟他有關。有，大概有關，既然他打算逃跑。賈伯路對他咆哮道：

「李歐，下不爲例，不然我會讓你吃不完兜著走！我叫你別亂跑，你就給我乖乖待著，聽見我的話沒？別耍花樣，嗯，我剛去醫院看他，他的情況不妙，如果你想看他，我明天帶你去，你可以親自跟他問好，但別動歪腦筋想逃跑，我還需要你咧，我……」

• • •

唉，還是被逮到，哼，這個賈伯路，他也不必太得意，我有腰痛的老毛病，又上了年紀，跑不動了。加上下大雪，地面滑不嘰溜的，更何況我分不清東南西北，因爲我不曾到這一帶混。我看到賈伯路掏出手槍瞄準我，噯呀，我不是希望要人特別禮遇我這把老骨頭，但這麼近距離挨子彈我可敬謝不敏。在阿爾泰我就曾被賈伯路的朋友襲擊過一次，他們身穿藍衣，戴著頭盔，手上操著盾牌、步槍、警棍，那是汽車工廠大罷工的時候。每個工人都跑到街上嘶吼，忽然螺釘、鋪路石齊飛，而警方沒等到遊行結束，砰砰砰，射出會使人流淚的煙霧。我站在遠遠的地方看，卻忽然被一種像罐頭但裡頭裝著瓦斯的東西砸到。

我拚命跑，但進不了家門，因爲**犯人**把門鎖上，所以我被困在外面，於是我跑到他任教的國中，站在他上課教室的窗戶前，他一看到我便走出來，身上仍穿著那件灰袍子，他撇下那群頑皮的學生爲我開門。那一次我險些賠上老命，接下來的示威遊行，我一律乖乖躲在屋裡、藏在窗戶後面隔岸觀火。

因此我知道挨槍是怎麼回事，雖然賈伯路不是什麼壞東西，但我們永遠也不知道別人心裡在打什麼主意。他可以輕易除掉我，在這麼一個下雪的清晨，沒人會起疑，我可能被丟進某個洞穴裡，神不知鬼不覺地，就此被人遺忘。賈伯路甚至會聲稱是我先動手，說我喪心病狂，所以還是小心為妙。

所以我舉手投降，我不覺得有什麼好丟臉的，這輩子我經常跟人低頭，但我也因此才能得知可憐的**犯人**還躺在醫院裡，孤伶伶的、很淒涼……

其實他不必操心，事情都迎刃而解了。公寓已經清理乾淨，雖然花了不少工夫，可能還會有年輕小夥子搬進來。因為**犯人**不需要那棟公寓了，賈伯路會幫他找到新處所，既不愁吃又不愁住，或許也算我一份？

要是賈伯路找到跟**老太太**、**肉店店員**以及**小孩**相關的證據，**犯人**就成了天字第一號兇手，我就成了天字第一號共犯，我們會不會因此獲得特殊待遇？也許應該一五一十的對他們說：對，一點也沒錯，我們是王八渾球，是無惡不作的大壞蛋，咔嚓，把我們關起來吧！既然**闖入者**還不夠……

然而**犯人**在他的錄音帶把事情從頭到尾交代得清清楚楚呀。但賈伯路辦事不馬虎，他希望找出眞憑實據，這個傢伙八成是莊稼人出身。

• • •

的確，賈伯路有一雙農人才有的粗手大掌，但他當莊稼人的時間並不長，只持續到少年時期，直到他到巴黎定居爲止。不過他走起路來依然步伐沉重，手勢不多，也難得開口說話。他那雙毛茸茸、很厚實的手掌，布滿傷疤和龜裂的痕跡。當他回到旺杜山腳下的老家，他親手修繕房子，搬運石頭築矮牆圈住農地而弄得全身是傷。他的十指粗短，指甲寬大，不太適合翻閱警察總局紙張超薄的檔案。

賈伯路打開**老太太**的檔案夾，因爲翻不開記載證詞的文件而火冒三丈，他的手指因爲一再觸摸複寫紙而弄得黑糊糊的。

這份資料不算厚重，含有一張死於十月五日的死者的生前相片、驗屍報告、鄰居友人對死者的人際關係的看法。然而就全文錯字百出看來，第一份資料整理得很不用心，負責打字的是阿爾泰二區警局的杜弗保安隊長。

保安隊長　杜弗・讓・加布里葉，檔案編號：六七－八四三

×××

——拉托斯・艾米里歐來警局抱案，他一九三四七月十八日出升於塞圖巴（葡萄牙），以不太流利的法文自稱為藍丁香邊城的大樓警衛。

——此人告訴我們他是應自由路十二號大樓的女住戶露意塞特・慕立葉（寡婦）太太之請，到住在十二號的梅蘭尼・伯蒂太太的公寓查看，後者乙有三天未到社區中心的第三齡俱樂部。

第十一棟大樓

——此人表示他在公寓沃房發現梅蘭尼・伯蒂太太的遺體後便立即通知消防隊。

——我們趕到現場確認梅蘭尼・伯蒂太太已經死亡，因開瓦斯自殺所致。附近鄰居也證實因為大樓出現瓦斯味，曾打電話給法國瓦斯電力公司，不過直到發現梅蘭尼・伯蒂太太的遺體前都未獲得回應。

——我們派人看守在梅蘭尼．伯蒂太太的工寓門口後便發文給分局長先生。

杜弗．讓．加布里葉

賈伯路知道這份文件並未上呈給分局長，很可能是保安隊長自行批准埋葬許可。**老太太**的這張照片拍攝的時間不久；阿爾泰二區的社區中心舉辦第三齡社區居民餐會，而這位對瓦斯情有獨鍾的寡婦在用餐期間請人拍了這張個人照，照片還登上市公所公報。與照片夾在一起的兩三張銀行帳單顯示**老太太**雖稱不上富婆，但吃穿不成問題。她去世的丈夫留下一筆生活費，再加上她在拉法葉百貨公司當店員的退休金，要滿足她簡單的生活需求已綽綽有餘，這些都是**老太太**的姪子說的，他是他們家族唯一還活著的人。

賈伯路重看杜弗保安隊長請來的醫師所做的檢查報告。他指出死因是吸入過多的天然瓦斯，同時特別強調自殺者的健康狀況良好。

後來經過**找碴人**爆料鬧事後，賈伯路決定驗屍，因此有過一幕類似**小孩**被挖墳開棺的儀式，不過還好**老太太**長眠於提葉墓園堅硬的墓碑下，所以不必大老遠跑一趟。

大家盡了力，義無反顧地打開棺材，恬不知恥地解剖屍體，除了發現被一氧化碳摧毀殆盡的肺泡外，找不到撞擊的痕跡也沒有瘀青，因此無法推斷是否有打鬥過。

不過正在播放的編號十二的錄音帶裡，**犯人**冷笑個不停，把正在呼呼大睡的李歐吵醒。

• • •

噯唷唷，李歐啊李歐……我們差點就栽在她的手中，這個賤女人、臭婆娘、爛婊子。不過幸好我們先下手為強，做掉她，我的好兄弟，我們還是比她厲害！首先，我對她從來就沒什麼好感，伊蓮還在的時候就這樣。她對我射出邪眼，說不定還是個老巫婆呢！想想看，她在人偶身上扎滿細針，施展妖法……到了晚上，她騎著掃帚飛越雪鐵龍工廠，而她那件破破舊舊的裙子迎風飄揚，露出兩隻乾癟癟的大腿，腿上還布滿蚯蚓狀的青絲。李歐，你不相信我？沒錯，我在開玩笑，但我們應該多找點樂子哪，畢竟沒必要把大好人生過得愁眉不展的，應該過得開開心心才對。你看，自從那個臭婊子伊蓮被幹掉後，你和我，我們哥兒倆過得多逍遙自在呀。「祝你健康，艾田，祝你健康，李歐，祝你永遠幸福，我的小老哥，少了這些臭娘們，我們都是好兄弟……」[12]你一定聽過這首歌。不過，這個伯蒂老寡婦做過拉法葉百貨公司的高級雜貨鋪的店員，來吧，李歐，跟我一起唱女雜貨商，女雜貨商是老巫婆。

我看見她，我看見她，她騎著掃帚。等一下，李歐，等一下……

錄音機忽然出現雜音，不一會兒，夏爾·泰內唱著〈女雜貨商〉的歌聲盈滿整個房間，同一時間犯人繼續跟李歐聊天。

12　出自法國飲酒歌〈祝你健康，艾田〉的歌詞。

她趕著去赴約，我告訴你喔，魔鬼在等她！[13]

哦，魔鬼喲，李歐，還記得那個老太婆的黃眼睛與鉤子手嗎？

……萬丈深淵底下的

硫磺裡有許多滾燙的死人……[14]

……她再也不能偷窺我們了，這個老妖怪……她和伊蓮肯定是一掛的，她來家裡喝過兩、三次茶，伊蓮還請她幫忙修改衣服，她用她黏滿污垢的指甲在我的襯衫上東摸西弄的，噢，噢，李歐，或許她也用這些指甲搔弄別西卜[15]頸背上的毛髮。

唉呀，李歐，別一副苦瓜臉嘛，唱歌吧！

「我看到她披著長袍，頭上纏著黑布巾，待在櫥子裡，
還在蠟燭臺前伸出長長的舌頭！
我在隆冬時節看到她，
當她笑嘻嘻地站在教堂盡頭，
當她爬到尖塔上，

她聽出禿鷹跟她說什麼。」[16]

噢唷，李歐，你這樣賭氣不說話很傷我的心耶。我跟你說，**老太太**死了……你想和我一起去，是嗎？不行呀，李歐，我得小心行事。我從她的公寓走出來的時候，差點被另一個老太婆撞個正著呢，就是那個老人俱樂部會長唄，她用很詭異的眼神打量我，我真希望她別亂講閒話，不過幸好我一向給人不錯的印象。然而要是你跟我一起去幹掉那個臭婆娘，我們很可能會發出聲響，尤其是你，請原諒我，但你的手腳不太靈巧。還有你害怕瓦斯，我都知道，喔，她並沒有感到絲毫痛苦。

您好，伯蒂太太……對，是我，我帶了褲子過來，我想請您改短。真是的，她竟問我沒有伊蓮我會不會過得很痛苦，要是這個蠢婆娘知道我對這個能讓生活變得

13 〈女雜貨商〉的歌詞。
14 〈女雜貨商〉的歌詞。
15 別西卜是地獄七大魔鬼之一，也出現在〈女雜貨商〉的歌詞裡。
16 〈女雜貨商〉的歌詞。

很愉快的臭婊子做了什麼就好了。哎呀呀呀，李歐，別一直盯著廚房看啦，我把門釘死，沒人打得開。她現在待在冷凍櫃裡，可能像個皇后般美豔，柔嫩的肌膚大概布滿細緻的冰晶，好似穿上公主才會穿的精美華服！李歐，你瞧，冷凍櫃的好處是能保存物體，或許哪天我會想再看她一眼也說不定？噢，你說得對，那不會是這一兩天的事，不過我很高興她就在我身邊，而且毫髮未損，完整無缺。

啊呀，但伯蒂大媽人老皮皺，實在不必我傷腦筋，嗯，李歐？再說，冷凍櫃也沒多餘空間了，光是把伊蓮放進去已經不太容易，我得來硬的，我想我把她的一隻大腿弄斷了。所以不用把**老太太**放到冷凍櫃，再說還得清理廚房才行，李歐，你會希望把她保存下來嗎？

噢，你想知道我是怎麼做的？好吧，我告訴你，我編一個藉口，騙她說要修改長褲，但我一踏進她的屋子裡，就往她的腦袋狠狠一敲，又趕緊抓住她，把她平放在床鋪上，再將她丈夫的照片放在她兩手之間，接下來只要打開瓦斯就大功告成了。

「碰碰碰，騎著掃帚，
魔鬼高高在上，
等著她！」

老李歐啊，別怕……我相信她沒告訴任何人，喔唷，今天晚上你看起來好悶，因為我愛搞笑嗎？你希望我嚴肅一點？好吧。

好，我就原原本本跟你說吧，我承認，是我殺了伯蒂太太，這樣一來她就不能再管閒事了，我在自己家裡都得不到安寧，所以啦，我要為自己伸張正義。我跑去找伯蒂太太，然後把她敲昏，再打開瓦斯龍頭，而且打得大開。凶手是我。

不過如果每個人都像我，社會經濟狀況會改善許多，因為，是誰在養那些老年人？都是我們這些勞動人口嘛！拿我來說吧，我每個月繳養老金，老了以後就不必成為別人的包袱。

別難過，李歐，我不是在說你唷，你啊，你在農場辛苦了一輩子，不過你沒繳儲金，政府也沒照顧過你，這一點實在差勁，再說你也不是一無是處，你幫了我許多忙。

老太太跟你不一樣，她不但有一群具備經濟活動力的人在奉養她，還吃掉市公所的公帑，浪費第三齡俱樂部的補助。我問你，社會的道德標準跑去哪兒了，李歐？你，你只是一個孤苦伶仃、無家可歸的小老頭，而她，她是雜貨店員、老巫婆，手上有幾個錢又不必花半毛錢，我問你，正義到底在哪裡呀，李歐？

喔，幫個忙，我們來清一下峽谷，好好欣賞我打造的小鎮！總共有十二棟房子，還有一些矮樹叢、新鐵道和鎮公所，可惜少了幾個人像，不是嗎？週六下午我要去巴黎買兩、三盒人像，你和我一起去。來，我們先把這些東西推到一邊。

看哪，多麼美麗的小鎮啊！李歐，再多幾個就能組成名副其實的小城市，嗯，不是嗎？我要再釘幾塊木條，把這些垃圾袋固定住，要不然它們會掉到車廂上。讓開一點，李歐，我現在要啟動火車，它跑得好快唷，跑得好快唷，太美妙了！小心！你踩到鐵軌了，喏，火車掉頭囉。

提醒我買些釘子，走廊那裡得釘幾根支柱，不然會倒塌，也要買些紙巾，我看我還是寫下來以免漏掉，壁紙開始滲水了，石膏壁板可別腐爛欸。明天要把滲水統統擦掉。

●●●

賈伯路打開一個大檔案夾，裡面裝滿相片，是衛生所派人清理犯人的公寓之前所拍攝的。犯人在峽谷區打造了一個很美麗的模型城市，有錯綜複雜的塑膠街道、小汽車、卡車，甚至還有由許多迷你路燈組成的照明設備，這一切都星羅棋布在車站四周，而火車抵達車站時會自動停止，犯人在客廳裝上變壓器以便操縱，整個鐵路網的運作都由遙控臺控制，而密密麻麻的鐵路網遍布整間公寓。

但路燈故障了。垃圾袋滲出濃漿，其中一個袋子爆開，裡面的臭水流到電線上，腐蝕絕緣皮。

有一張相片可以看到整條走廊；而犯人誇張地稱之為「峽谷」，但充其量只是一條六十公分高的隧道，每列火車都從底下穿過去，而李歐也得經由這條隧道回臥房，犯人應該也曾取道於此，因爲在李歐房間裡的「美國鐵路網」有新近修理的痕跡。隧道頂部的木製壁板有些固定在牆上，有些釘在支撐牆壁的柱子上，沿著整條走廊延伸。而隧道上方直到公寓的天花板則堆滿一袋袋的垃圾。隧道頂每隔一段距離便裝有電燈泡，產生足夠的光線，讓人清楚看見火車的行進。最後一段時期這個地方也開始滲水，造成短路。賈伯路收拾相片，重看梅蘭尼·伯蒂太太的驗屍報告。

「頭顱頂和鄰近區域都清楚可見敲擊的痕跡，右頂葉上方有碰撞的印記，然而無法研判這個挫傷發生的時間距離死亡時間有多久；幾天？幾個鐘頭？還是幾分鐘？這要歸咎於人死很久之後才加以驗屍，屍體已經相當腐敗……」

「噢，李歐，我們有不少進展哩，嗯？根據他的說法，他不想帶你去**老太太**家……但是你，你想去？你跟我從實招來吧，你的刑罰不會因此加重……」

……一踏進她的屋子裡，就往她的腦袋狠狠一敲，又趕緊抓住她，把她平放在床鋪上……

賈伯路倒帶，重新播放。

……騙她說要修改長褲，但我一踏進她的屋子裡，就往她的腦袋狠狠一敲，又趕緊抓住她，把她平放在床鋪上，再將她丈夫的照片放在她兩手之間……

當然，賈伯路想道，這些話實在太誘人了，做夢也想不到會得到如此漂亮、如此振奮人心的供詞了，不過很不幸地這還不夠。賈伯路很快地瀏覽伯蒂太太的友人的證詞，他們都是退休的阿公阿嬤，每天下午一定去社區中心報到。

證詞雖有厚厚一大疊，但千篇一律，讓人不禁懷疑他們曾湊在一起串通好說詞！

問：伯蒂太太會鬱鬱寡歡嗎？

金格拉先生（俱樂部祕書）：才不！她根本不需要別人的鼓舞……

問：不過她十年前曾經企圖自殺啊？

金格拉先生：那都是過去的事了，大家都忘啦！

問：依您的看法，她不是自殺？

金格拉先生：不可能，一定是哪個壞蛋幹的，我百分百確定。

問：您對伯蒂太太自殺有何看法？

露意塞特．慕立葉：自殺？胡說八道！我一發現她沒來俱樂部，就趕緊通知大樓警衛，是個葡萄牙人，我告訴他情況不太正常……

問：您知道她自殺過嗎？

露意塞特．慕立葉：知道，不過那是十年前的陳年往事，她應該不會重蹈覆轍，她是被那個瘋子幹掉的。

這個小圈子人人氣憤不平，異口同聲咒罵**犯人**，不過**闖入者**的屍體直到最近才被發現，而伯蒂太太早在三個月前即已身亡。但事發時，沒人起疑心，自殺的消息傳開時，也沒人有不同的意見，而是事後回想時才覺察到他們記憶最深邃的隙縫隱匿著某個疑點、某件軼事、某個細節，讓**犯人**罪加一等，乃人之常情。還要考量到她頭部受過重擊的跡象……不過老太太很有可能是在「自殺」前三天頭部撞牆腦袋長了一個包。

• • •

唉呀，這都是鬼扯淡，可別相信空穴來風的閒話，更別聽信沒啥信仰的人說三道四，他們隨時準備跟和他們不一樣的人唱反調。李歐我太了解這種事了，因爲我吃過太多壞心人的虧。

另外値得一提的是，**找碴人**希望這群老人肯出面提出對他有利的證詞，於是拚命拍他們的馬屁，在他們耳邊說盡我們的壞話，他說賈伯路還沒掌握全部的眞相，說我和**犯人**是作奸犯科的大壞蛋，雖然無法確定我們到底殺死多少人，不過至少得爲**老太太**、**肉店店員**、**小孩**償命……必須送上斷頭臺、屠宰場！這群俱樂部的老人既氣急敗壞又口沫橫飛。他們看見我在邊城附近蹓躂（因爲當時賈伯路認爲我沒有涉案而未下令逮捕我），就對我丟石頭，臭罵我。我不過是個糟老頭兒罷了。

我其實跟他們很像欸，人老了都醜，就算手裡有幾個錢也不會因此看起來比較人模人樣。沒錯，我的樣子的確不怎麼體面，也登不上檯面，不過瞧瞧我這輩子是怎麼熬過來的啊。我從來不曾嘗過安逸的滋味，不曾踏進拉法葉百貨公司高級雜貨鋪一步。

我無家可歸，過著居無定所的生活，但我很可能被人幹掉，於是賈伯路告訴他的手下：「把李歐抓起來吧。」

我才不會因爲賈伯路待我還算厚道就跟他合作。我要他自己在這堆文件裡想辦法。

另外，那個**老太太**，我不太喜歡她，哦，我和她無冤無仇，不過如果說我們是麻吉，那就是天大的謊言。她對我狗眼看人低，總是噘著嘴巴，指甲擦得鮮紅。我能了解**犯人**爲何會生氣，這個**老太太**的確討人厭，其實早在**犯人**和我變成朋友前我就認識她，她一直住在阿爾泰，我常在街上乞討混一口飯吃，對她的嘴臉記得很清楚。

她很吝嗇，不曾給我一塊麵包。我搬過來和**犯人**同住一個屋簷下後，我跟她成了鄰居，我和**犯人**住在六樓頂樓，而她住在四樓左側公寓裡。

我常在樓梯間碰到她，她不曾問候我，我也不吭聲！有一次我不小心碰到她，她舉起拐杖給我一陣痛打，同時呻吟著我害她的膝蓋——關節炎——又痛起來，把我當成小偷，臭罵一頓！眞的，我發誓說的都是實話……

噢，算了，我不想跟她一般見識，以免別人會以爲除掉她是我出的主意。

但根本不是這麼回事，其實是**犯人**的主意，他一手包辦，他自己說的。**犯人**也不喜歡她，他對她的怨恨能追溯到美麗的伊蓮時期。

老太太很納悶，怎麼看不到臭婊子伊蓮了，她大概很懷念有蛇蠍女陪伴，也開始對**犯人**的單身生活展現高度興趣！尤其打從我跟他同進同出以後！或許**老太太**自己在編故事？譬如我們夜夜狂歡啦，帶女人回家，扒光她們的衣服，嘿咻嘿咻嘿嘿咻！這隻老貓頭鷹雖然腦袋乾癟，但還是生得出這些念頭。每個禮拜天，我從陽臺看著她出門望彌撒，頭上戴著一頂點綴著木雕葡萄與布製野玫瑰葉的小帽子，手裡抱著一本祈禱書，她走得很快，屁股夾緊，似乎很害怕，怕臀部被人咬一口！

總而言之，我們的關係越演越糟，後來我在樓梯間遇到她，從她面前經過時，噗的一聲，我放了一個又臭又響的屁。她罵我噁心、老不修。但是她手裡的那根拐杖，頭一次我來不及躲過，但僅此一次下不爲例，你們大可放心，她雖然奮力揮舞拐杖，我還是全身而退。

所以，她經常隱身在窗簾後面窺視我們，如果**犯人**和我一起出門散步和她打照面，她還是會對他陪笑臉，開口閉口都是我親愛的先生。

有一次**犯人**不在家，她卻臨時登門造訪……當天**犯人**去工會支援雪鐵龍員工罷工。他很晚才出門，我們家的問題已經嚴重到讓人一個頭兩個大，起初裝滿垃圾的袋子放在釘死的廚房門前，但後來越堆越多，一直堆到客廳，我的房間也擠滿垃圾，只能勉強空出一個角落讓我睡覺，同時讓火車輕易通過。**犯人**開始在峽谷區造木橋，他整個星期六和整個星期天都揮汗工作，而我人不太舒服，跑去睡覺恢復精神。**犯人**很擔心，他怕我是在示威時被那瓶瓦斯罐頭砸傷了腦袋所致。星期天晚上木橋完工時，我們準備一些好吃的慶祝，後來我們把裝滿垃圾的紅色和藍色塑膠袋堆成一座山，直到天花板那麼高。橋很有用，它幫了我們兩三個禮拜的忙後，垃圾袋又開始侵占各地，它們甚至走進客廳，這些王八蛋！

不過這時還不算大災難，後來才是，但當時就出現徵兆。關於這些垃圾袋，我想過應該勸勸**犯人**，叫他至少丟掉幾袋，哦當然不是一下子統統丟掉，這樣工程會太浩大，而是三不五時丟掉兩三袋。而我曾經試著這麼做過一次，不過他很生氣，尖聲責備我：「哼，李歐，你想幹嘛？」他大吼大叫。「你想把袋子清掉好再看到那個臭婊子？是這樣的啊……」總之，就是這類玩意，我寧可不再堅持。我們兩人實在沒必要爲了一堆垃圾袋和一個死女人鬧得反目成仇。

那麼剛好，就在**犯人**出門支援罷工的時候門鈴響了，我不知道該怎麼辦，另外得說明的是，大門附近的門廳可以通往每個房間，除了浴室以外，因爲浴室位於**犯人**的臥室裡。當時門廳還很乾淨，沒有囤積垃圾，唯一的雜物是一些模型、鐵軌以及放置火車頭與車廂的擱物架，總不能要我們把這些東西全裝進垃圾袋吧。

既然門鈴響了，我去看是誰來了，我聽見**老太太**在門外自言自語，她還生氣地跺腳，我能從她的聲音感覺出來。但不幸中的大不幸是她突發奇想推開大門，門打開了，我們面面相覷，我兇巴巴地瞪著她，她馬上走人，我趕緊把門關好，她又走回來，不過沒有按門鈴，我剛才應該把她嚇一大跳，這一次她從門縫底下塞了一張紙條，後來，我聽見她走下樓，她踩著高跟鞋小碎步疾走，一度在階梯上滑了一跤，我忍不住哈哈大笑。**犯人**支援罷工工人後回到家，我把紙條拿給他看，他馬上明白是四樓的**老太太**送來的，她常替大樓警衛跑腿送房租收據。我不識字，看不懂紙條寫些什麼，我這個年紀要學認字是晚了一點……

• • •

老太太終於找上門了……啊李歐，麻煩你把我的眼鏡拿過來，沒錯，就在椅子上，謝謝你。臭婆娘，她想見被放在冷凍櫃裡的伊蓮一面，我用垃圾袋掩飾是對的……不然她就看到伊蓮了。我不准任何人看到伊蓮，她現在好端端地待在裡面。總之，李歐，你做得很好。哦，我親愛的先生啊，她寫道，我登門造訪卻只看到李歐，但我不敢走進去，您應該不難想像，他讓我好害怕！李歐啊，你知道嗎，她怕你哪！哎呀呀，你這個大色鬼，你不應該把她……老頑童，去吧！

好呀，好呀，她終於找上門了……

•••

賈伯路記下大樓警衛的證詞，出生於塞圖巴的拉托斯·艾米里歐證實伯蒂太太會幫他一點忙，譬如收取房租等。

因此賈伯路做了以下推斷：**老太太**去找**犯人**，卻瞥見一大堆垃圾，**犯人**害怕東窗事發，於是做掉老太太，卻布置成老太太自殺的樣子。

「是真的嗎？李歐？」賈伯路問。「他真的殺掉**老太太**？你知道的，我們找不到任何證據，**老太太**家並未失竊任何東西，亦無證據顯示瓦斯打開前她已經被打昏，或者等到她睡著後才動手嗎？不過，她每天都關好大門……」

找碴人可不會被這種論調唬住。他認爲**犯人**握有一副公寓鑰匙，再說，**老太太**在俱樂部的朋友也說她經常弄丟鑰匙。她的遺體被發現時，她的鑰匙好端端地擱在身旁的床頭櫃上，不過這並不能證明伯蒂太太是從屋內上鎖，也不足以證明**犯人**從外面鎖上大門，再說**犯人**心思細密，擅長製造模型，雙手靈巧可見一斑，因此要他做個簡單的萬能鑰匙其實不難……

• • •

有天晚上，每一件事都不太對勁。他上了一天的課後，我們一起出門散步，回家時，他在大樓大廳看到什麼？條子哪，而且到處都是！我以爲麻煩找上我們了，因爲那個冷凍櫃。其實不然，而是四樓出事，**老太太**自殺了……

我們走上樓回到公寓，**犯人**猛拍我的背脊哈哈大笑，他拿出啤酒慶祝。我不太明白，現在**老太太**死了，她就不能跟別人說這個該死的冷凍櫃的閒話，情況對我們有利。

「對，李歐，對，」我的好兄弟說：「我先下手爲強！」

他從我詫異的神情，看出來我還在丈二金剛，搞不清楚狀況。

「……我編一個藉口，騙她說要修改長褲，但我一踏進她的屋子裡，就往她的腦袋狠狠一敲，又趕緊抓住她，把她平放在床鋪上，再將她丈夫的照片放在她兩手之間……」

我很開心也很憂慮。**老太太**不在了，沒人會拿拐杖打我了，這實在是天大的好消息。不過，**犯人**得繼續狡猾下去，他也的確越來越狡猾。對於伊蓮，他只想到用冷凍櫃和垃圾袋掩人耳目，不過對**老太太**，他使出令人讚嘆的伎倆！沒人會發現蹊蹺。然而我不太喜歡的是他很愛對著錄音機講話。他需要自白，但我們兩人死後，這些錄音帶會留下來啊……我很想大方一點，不過像他這樣坦白實在不怎麼謹慎啊……

賈伯路忽然聽到一陣吵雜聲；劈啪關門聲、尖叫聲，司法警察總局深夜的寂靜戛然而止，李歐也驀然驚醒，暗自抱怨死前還能否清靜地睡上一覺。

「待在那裡別動，李歐……」賈伯路說。「我下去看是怎麼回事！」

掃黑組的人馬剛結束獵捕行動，皮夾克、磨破牛仔褲、披頭散髮、手槍插在腰際，展現西部牛仔風情。看來他們滿載而歸，眾警探正推著一票高舉雙手的小嘍囉往前走。

賈伯路一面搖頭一面看著這群人一個接著一個走過，他早已過了耀武揚威的年紀。一位同事倚靠在走廊的一隅看著他。

「嘿，賈伯路，李歐好嗎？」這位同事問道。

每個人都耳聞了局長和證人之間奇妙的關係。每個人都看過賈伯路抱著食物送到李歐面前，而且把李歐關在自己的辦公室裡。大家也知道賈伯路一再地重聽**犯人**的錄音帶，而且自從**找碴人**教唆媒體，讓他們交相指責賈伯路不夠專業，他的案子遂成爲各部門茶餘飯後的話題。

「李歐很好，非常好……」賈伯路嘟噥道，同時轉過身背對著這片喧擾。

回到辦公室後，他馬上看出李歐其實不太好，方才說出去的話似乎惹禍上身，猶如被斜眼射中，遭受巫師詛咒，**犯人**大概會這麼說！

李歐呼吸得很吃力，覆蓋在毛毯底下的胸部上下起伏，同時可疑地打著哆嗦。他每吐一口氣，喉嚨便發出沙啞的嘶嘶聲。

賈伯路長歎一聲。別的警探都在樓下設法逮到盜匪，他自己卻和李歐悶在這間辦公室裡。他要應付的不是高度危險的壞人，卻只是一個體弱多病的證人，此外，他對這位證人有了感情。

李歐有氣無力地扭動了幾下後睜開一隻眼睛，青綠色的眼珠子定定打量著賈伯路。賈伯路打了個哆嗦。垂垂老矣的李歐，臉龐削瘦，不愛說話，懷著老頭子特有的敵意，一隻腳快要跨進棺材，由內而外發出苦悶的氣味。李歐只是一個過去的使者，趕在人生謝幕前抄錄自己熬過了幾個年頭……他形容枯槁、行動遲鈍，因爲歷經滄桑而色衰。李歐跟那些坐在長椅上看著沙漏的老人一樣，氣定神閒地看著沙漏逐漸變空，直到最後一粒沙消失爲止。

「唔……」賈伯路嘟噥道。

他打開存放聚會剩酒的櫃子。前同事何多塔的退休酒會剩下一點白蘭地，他用杯底殘留咖啡的塑膠杯爲自己倒了一杯，白蘭地的風味因爲摻了幾滴從走廊上的咖啡機分泌出來的平淡無味的咖啡而走味，不過賈伯路懶得走到隔壁辦公室拿出眞正的酒杯。他一口喝光後，瞬間猛咳起來，是不甜的酒，貨眞價實的烈酒。他又倒了一杯，這一次小口啜飲，他讓李歐嗅聞，但李歐滿臉嫌惡，輕蔑地撇過頭。

「對噢，我忘了，」賈伯路說，「你只喝紅酒，等一下，我馬上回來！」

賈伯路又跑去問那位值班警衛，他或他的同事是否剛好有些紅酒。這警衛起初支吾其詞，接著否認，旋又改變主意。不過兩個鐘頭前，他才一時疏忽讓證人溜走，這個閃失讓上司氣急敗壞：他最好還是乖乖照辦！於是他拖著腳步走到警衛值夜室拿出一瓶普雷豐泰內紅酒[17]。

賈伯路倒了半碗給李歐，李歐嗅一嗅酒香，瞬間變得和顏悅色……他抖一抖鼻子，眼睛忽然亮了起來，決定喝了這碗瓊漿玉液。他起先受不了酸味，五官揪成一團，但是當紅酒鑽進肚子裡，他滿足地打飽嗝，對賈伯路露出感激之情，賈伯路又倒了一次酒，這一次倒了滿滿一碗。

• • •

其實讓我染上酒癮的是**犯人**。以前，我可是滴酒不沾，在農場做事的時候，我也絕不碰酒，幸好我很能克制，才能四肢健全活到這麼老！

那個夜晚，也就是婊子被幹掉、我剛搬到**犯人**家的頭一天晚上，**犯人**請我喝威士忌，一大杯接著一大杯，咕嚕咕嚕喝光光。他一邊吞下肚一邊大唱「他和我們是

17　一種廉價紅酒。

一掛的，他跟其他人一樣喝得爛醉！」李歐！他說，陪我喝……我不願意，因為我知道喝酒會落到什麼下場。我大哥的小孩就是被他農場頭家的農耕機輾死，因為這個頭家醉得一場糊塗。當時的我年紀很輕，但我記得清清楚楚，這個溫熱的小身軀被大輪子狠狠一撞，他的身體還看得到輪胎痕跡……從此以後我恨死酒了，不過那個晚上，禁不住**犯人**一而再地慫恿，我終於讓步，而喝酒便成了我老年染上的惡習……我年輕時代不知酗酒為何物，不過今天，我絕不放過任何一個能喝一杯的機會。我年紀一把，不必害怕身體喝出毛病，再說，我搞不好還會在牢裡捱過最後幾年欸，美酒當前，硬跟自己過不去也未免太傻了。

啊呀，我和**犯人**喝得可眞爽哪。但是他很自制，因為要是醉了，他的手會亂抖，就組裝不了模型，還會把東西黏錯，也搞混油漆顏色，這些模型都小不龍冬的，需要眼睛銳利雙手穩定，不然東西就糟蹋了。

後來我養成習慣，每天都來個幾杯，趕走憂傷，垃圾袋堆得越高，我就越貪杯，垃圾袋最初只有一公尺，逐漸疊成兩公尺，最後頂到天花板；一開始占滿廚房，接著擴散到客廳、我的臥房，**犯人**的房間不久後也淪陷，整棟公寓最後只剩一丁點空間勉強夠我們移動，但只要幾杯酒下肚，我就不必擔心害怕必須撬開廚房門、清空垃圾、打開冷凍櫃的那一刻……

犯人也喝，不過他知道適可而止，這個傢伙很理性、有條不紊、愛乾淨、很節制。他的酒癮是模型、火車頭、車廂……我眞希望他能帶一截鐵道去坐牢，不然他一定會崩潰，我知道……

不過我呢，我不愛玩火車，因此我拚命喝酒，尤其喝醉了，就聞不到垃圾的臭味。你們知道，這些袋子剛開始時不會滲水也密不透氣，不過時間久了，物質開始發酵，所有東西混合浸泡了幾個禮拜後，便會產生臭氣。雖然**犯人**替垃圾袋封口時特地纏了兩圈繩子仍然無濟於事，這些臭氣就是殺得出一條路鑽出袋子，味道很像農場院子裡的牲畜糞水味，等到味道太濃時就來不及了，它已經淹沒各個角落。

我一邊喝酒一邊看著火車奔馳，起初我對火車不怎麼熱衷，但是**犯人**將他對火車的熱情傳遞給我。我們肩並肩坐在地板上看著鐵道線路暢通無阻，有客車，有貨

18 出自法國飲酒歌〈他和我們是一掛的〉的歌詞。

車，每列火車都掛著或紅或白的車廂，在裝滿垃圾的塑膠袋之間蜿蜒而過。**犯人**在大峽谷貼滿群山峻嶺的風景海報，快到我房間時還看得見海洋，不過那是最初時候的事，後來他加蓋隧道，因爲有了隧道就比較容易堆疊垃圾袋。這些火車眞是美麗啊……這輩子我只搭過一次火車，那時我還小，後來，我常跟著**犯人**搭乘郊區快鐵去巴黎買模型火車車廂專用的油漆、貼紙或新的轉轍器。如果沒被逮到，我們哥兒倆打算在復活節時去斯圖加特參加國際模型展，他答應過我的，不過現在他不能帶我去了……你們想怎麼樣？我一定不會單獨前往。

他現在在醫院裡，痛苦地躺在病床上，而我呢，我喝著賈伯路送的酒，啊哈，我這個王八渾蛋，都是我的錯，我三不五時會這麼想……沒錯，對於**老太太**，他們可不能把責任推到我身上！不過對於**肉店店員**，我實在不敢恭維我自己。

•••

問：李歐常來買肉嗎？

班岱賀（肉店老闆）：常呀，常來呀，我們經常看到他，他都很晚才來。

問：都是您親自招呼他嗎？

班岱賀：喔，我或我的內人或店員都有可能，他很好打發，一定買兩塊牛肉，不是後腹肉就是腰腹肉，一塊給他，一塊給那個王八蛋。

賈伯路隨手翻開**肉店店員**的檔案。按照死亡順序，他排第二，在**老太太**之後，**小孩**之前。檔案裡有一張大頭照，十八歲，微胖，臉色紅潤，吃了許多好肉，他給人的第一印象是不怎麼靈光。

這個小伙子可能天性魯鈍，不過如果活得長命一點，說不定會隨著年紀增長變聰明。他死的那一天，**老太太**剛好去世滿一個月，也就是十一月十五日。

「嘿，李歐，」賈伯路扯著嗓門說：「那個毛頭小子大概也多喝了兩杯，你還想來一杯嗎？小心喏，李歐，你喝太凶了，我沒看過有人像你這樣喝酒的……」

驗屍報告附上的照片很有說服力。汽車撞上他時，他正蹲在自行車前，可能正要套上褲腿夾也可能忙著調整變速裝置，不過不能確定是哪一種。

店員大約晚上七點四十五分下班，可能準備回家。他住在位於老阿爾泰市中心的伯父家，每天早晚，不管刮風下雨，他都騎自行車上下班。

汽車的保險桿撞到**店員**上手臂中央處後，刺穿同高度的胸腔，接著壓到肋骨，但力道猛烈，使整片肋骨都凹下去。自行車被困在圍牆底下，而**店員**則夾在中間，踏板插進他的腰椎，搗爛左腎，順勢壓碎髖骨上緣。接著汽車倒退出來，原本掛在散熱器上的自行車殘骸和血肉模糊的車主的合體，在這個時候掉到馬路上。那是一輛公路車，**店員**每週日早上會騎車遠遊，因此車架掛著一個塑膠水壺，並用兩條繩索拴好。汽車駛離現場時，車頭輾過自行車，自行車車輪的輻條承受不了壓力。這起事故發生時，那個水壺裝滿芬達橘子汽水，當甜膩的汽水噴得**店員**滿臉都是的時候，是不是也因而舒緩他臨終的痛苦，沒人知道，不管如何，他沒有痛苦太久。

還不到肉店的轉彎處的馬路上有許多黑色條紋，駕駛撞上矮牆之前，曾發出輪胎煞車的嘎吱聲。負責這件案子的交警仔細檢查路面上的胎痕後表示，汽車行駛速度至少時速一百，但以時速六十撞到**店員**。

快要結案時，在藍丁香邊城一棟公寓裡發現半昏迷的**犯人**、情況危急的李歐和全身冰冷的**闖入者**。**找碴人**摸走一捲錄音帶，這還不打緊，賈伯路的一名助理跟媒體爆料說找到很多錄音帶，大家開始對錄音帶的內容議論紛紛。身爲肉店老闆的保險公司代理人，**找碴人**再也等不及，發出勝利的歡呼。如果**店員**的確在工作場所和住家這段路上發生交通意外，保險公司必須付錢了事，不過如果是一樁謀殺案，保險公司大可搬出合約第四頁最底下的第三十八之一條款當擋箭牌，該條款明文規定舉凡涉及謀殺、暴動、革命等天災人禍，就不能要保險公司爲這些市井小民的悲慘遭遇買單了。

在發現**犯人**藏身處的那一大堆垃圾之前，沒人想過上述的任何一切。官方版本認爲駕駛人嚇壞了，急著逃離現場，而將**店員**支離破碎的軀體遺棄在馬路邊。剛拉下店家鐵門的班岱賀夫婦有很充裕的時間聽見引擎呼嘯聲、輪胎壓碾柏油路的嘎吱聲，以及金屬板和管線被壓斷的爆裂聲，同時夾雜著汽車保險桿扯裂肉體的聲響、骨頭撞裂聲、動脈和靜脈正在流失血液的嘶嘶聲。他們夫婦倆連忙拉起鐵門、在人行道上奔跑、試圖看清車子的模樣，但爲時已晚，肇事人早已不知去向，徒留一團黑煙。肉店位於市場中央，而那天適逢週一，其他商店都在公休，只有麵包店照常營業，但它位於鮮花店的對面，離得太遠，什麼也看不到……

找碴人使出各種手段，就是想讓人相信**犯人**患有妄想症，每晚對著李歐滔滔不絕地吐露供詞，錄製一捲又一捲的錄音帶。**找碴人**握有一張王牌：葡萄牙警衛的證詞，此人證實**店員**有天晚上跑到警衛室問他**犯人**的住處，那是「車禍」發生前兩天的事。

於是復仇之說變得可靠起來。

「李歐，如果這是眞的，你的好兄弟就比垃圾還不如了。」賈伯路說。

• • •

啊呀，李歐，我親愛的李歐，我請你喝酒，噢，我也來一杯吧。我一直沒告訴你是因為我想給你一個驚喜，現在請聽好：「昨晚阿爾泰二區班岱賀肉店前發生一起重大車禍，下班準備返回阿爾泰一區六月十八日街的伯父家的年輕店員被一輛汽車輾碎撞死，司機肇事後懦弱地逃離事故現場，罔顧被害人的性命」……等等，李歐，這是值得慶祝的一天哪！你可以以我為榮，呵呵，要是你看到那個大笨牛看見我忽然從拐彎處衝出來的臉孔，他瞪著一對死牛眼，砰，我朝著他殺過去！看吧，李歐，我把你捅的妻子給補好了，你現在不必操心，不過我警告你，下不為例，我不可能殺死全部人……

●　●　●

這倒是千眞萬確，話說這個**店員**，我覺得好丟臉，我實在不應該捅了妻子卻沒告訴他，會發生這些事都是因爲找零錢的事。由我負責去肉店買肉，沒錯，噢，這家肉店很整潔，但是我，我全身邋遢，所以我提著菜籃站在門口，而零錢包放在籃子裡，我耐心等著店家招呼我這個糟老頭，**店員**看到了我會說：「喏，這不是李歐嗎，兩片腰腹肉，兩片！」他把肉片放在我的菜籃裡，因爲我不會算錢，他會自行從包包裡取錢。

我便帶著兩塊牛排回家，這是我出門採購的唯一物品。家樂福超市光線太強，東西琳琅滿目，手推車四處橫行，商品標籤眼花撩亂，音樂聲盤旋不去，而且人來人往的，反正總歸一句話，你們怎能夠冀望李歐我在這種地方買東西呢？

通常**犯人**利用週六下午採買其他民生用品，不過對於肉，他偏好肉店販售的新鮮柔嫩的好肉。我完全同意他的看法，家樂福塑膠盒裝的牛腰腹肉片根本不能跟班岱賀先生的相比。我年紀一大把了，對肉質的好壞特別敏感，我的牙齒不像年輕生龍活虎時那般銳利，如果吃的是肉硬筋又多的牛排，我肯定會留下一大半。

我倒也跟這個**店員**好來好往，您好李歐，再見李歐，單純老實的李歐。不過忽然有一天，噢呀，就是**老太太**出事後快一個月的時候，我買完肉回到家，**犯人**和我剛坐定準備吃飯。那個時候，我們已經開始在門廳吃飯了。雖然飯廳還能騰出一點空間，不過實在不怎麼寬裕就是，再說，吃飯的時候，四周圍著那些垃圾也不怎麼開胃，因此我們移駕到門廳，架好摺疊式野餐桌吃飯。**犯人**早把飯廳的大餐桌、椅子、電視等玩意統統撤走，捐給以馬忤斯愛心商店，送給雪鐵龍車廠參加罷工運動的工人，這些人沒上班，更貧窮。

於是我和**犯人**快快樂樂地坐在門廳處，餐桌上擺著兩塊鮮紅柔嫩的牛排，忽然門鈴響了起來！我確定不會是**老太太**，但除了她還有誰會找上門呢？**犯人**用手指對我做了一個「噓」的動作，我們兩人死命憋氣，我好死不死打了一個噴嚏，但不是我的錯啊，餐盤跟著掉到地上，這時門外的人說話了：「喂？您怎麼了？回答呀，回答呀，您在家啊。」

噢，情況十萬火急。要是不開門，他會去找警衛，這種事已經有過前例，**老太太**和瓦斯那一次就是。門外這傢伙還是不肯罷休：「哎喲，好奇怪的味道啊……」**犯人**瞬間慌了起來，以爲有人會破門而入，房子會被清空，最後被冰在冷凍櫃裡的蕩婦鐵定會被發現。他忽然把門打開，原來是**店員**，原來**店員**發覺零錢找錯了。

「先生，我不希望造成您的誤會。」他說。「沒事，沒事，謝謝，再見！」我的朋友邊拿回零錢邊回說，然後迅速把門關上，並對我大吼大叫，大吼大叫……我眞恨不得挖個地洞鑽進去！「王八蛋，你小心點，不然我會把你趕出門，你就只好當遊民，在橋下等死……！」他劈哩啪啦地數落我，後來氣消了才體認到錯誤已經造成，而我也打從心底後悔莫及。這就是事情的經過。

不過要命的是，**店員**曾往門廳瞥了一眼，他八成看到了野餐桌和我們那兩個餐盤……他心裡應該很狐疑，爲何住在堂堂有三個房間的公寓卻要在狹窄的門廳裡用餐……**店員**也看到屋裡的百葉窗全拉下，跟其他人一樣。**犯人**沒在陽臺囤積垃圾，因此峽谷區臭氣薰天時，我們晚上有時會到陽臺上透氣。

店員聞到了臭味，他也確實這麼說了，欸，那一夜可眞是不好過啊，但都要怪我。隔天**犯人**拎了一包垃圾到樓下丟掉，想去一去霉氣。但我感覺出來他很焦慮、緊張，也很惶恐，不再是我所認識的那個快樂無憂的大男孩。我很想爲我捅出的紕漏做些什麼，但該怎麼做呢？唉呀！

翌日晚上他從學校回來便坐在門廳的野餐椅子上，一動也不動。將近午夜時醒來，啟動模型火車，我們一塊兒看著法國高鐵從峽谷區疾駛而過，不過他只是皮笑肉不笑地笑了一下。我很難過，非常難過……你們無法想像。我回到房間，裡面只剩下靠著窗邊的一條小通道，有個隙縫捎來一絲涼風，我試著入睡。夜裡，我聽見他爬進峽谷區。他來看我，拿著手電筒當照明器，因爲垃圾袋實在太多，我們搆不到電燈開關，而且電燈也被垃圾袋遮住了。他蹲在我身邊說：「完了，李歐，我們死定了……他們會找上門！」我趕緊安慰他，但沒用。他回到前廳，坐在那個老位子上。到了早上，我發現他還是坐在原地不動，我要他出門上班，以免惹人擔心，屆時眞的引人到家裡查看發生何事，不過他似乎沒把我的話聽進去。他開了一個沙丁魚罐頭，我們吃了一點，接著，他把那套掛在廁所門上的衣架上的西裝、襯衫以及領帶取下，也拿出裝在盒子裡的襪子。他穿戴整齊，我目送他垂著頭離開，我回去陽臺睡回籠覺，因爲我的房間太臭了。

不過這種情形只持續了兩天，後來他又精神抖擻，著手處理**店員**這筆爛帳，雖然風險大，不過能一了百了。

他跟我說他開車出去，他很清楚**店員**幾點下班，而**店員**都騎腳踏車回家，劈啪，對準**店員**撞上去。這是千眞萬確的事，他得意洋洋，還把描述這件事來龍去脈的報導貼在廁所牆壁上。

經過這場風暴後，我們的生活又恢復平靜，玩火車、喝酒、吃雙人餐，但由他負責去班岱賀肉店買牛排了。

而垃圾實在多得不像話。他把櫃子裡的吸塵器、舊衣、書本統統丟掉。裡頭的空間小，用力擠壓後勉強塞進四十包垃圾。天可憐見他竟想出擠壓這個點子。有天晚上，他拿著一個鏟子來到我面前，說：「你將大開眼界……」然後鑽進峽谷區朝著我的房間挺進，而我尾隨在後。他用扁平的鏟子頭使勁拍打垃圾包，砰！啪！效果立竿見影，十分鐘不到便掙得兩公尺的空間，但問題是袋子迸裂，污水流得到處都是，我年輕時待過的農場裡的糞坑跟這裡的氣味比起來簡直有如天堂呀。好臭喲，臭死人了，袋子裡流出像爛泥巴的東西，五顏六色的又濃稠多汁。他開始咳嗽，我也是，這些髒東西都化成液體。

他立刻衝去家樂福，抱著吸水用的大海綿和紙巾回來，但要讓垃圾袋流出的汁液被這些海綿和紙巾統統吸掉需要大半天的工夫，後來他把海綿丟到垃圾袋裡，紙巾也是，新打包的垃圾袋加入舊垃圾袋的陣容，效果有限，不過我獲得多一點點的空間可以躺下。從那天起，他不再擠壓垃圾包。

洗澡也變成苦差事。他全身都是臭水，因爲他用鏟子拍打垃圾包時，臭水爆濺開來！浴缸也堆滿了垃圾，於是就只能用廁所了，他跪在地上，按下馬桶沖水器，便這麼清洗了事。

這件意外讓他深切體認到浴室根本是多餘的設施，有水就能洗澡，廁所馬桶便綽綽有餘了，雖然我們都喜歡追求舒適的生活，但當我們處在克難的情況下，反而能找回更正確的價值觀。

不過維持整潔的確變成很棘手的問題。門廳處掛著他的兩套西裝，他輪流送去洗衣店洗，因此還是能衣裝整潔地去上班。後來我們運氣衰，馬桶故障了，他老兄啊，他能用神仙巧手組裝出妙不可言的小火車，卻是修理水管的大白癡！還好學校快放假了，再說，我們因爲**闖入者**被逮到。

可想而知，**犯人**的車子被送去鑑定，那是一部老式福特車，車頭、散熱器、保險桿都沒留下車禍痕跡，不過**犯人**有充裕的時間自行修理或請人修理車子，而對於邊城附近修車廠的調查也沒有任何結果，**找碴人**趾高氣昂、口沫橫飛地說，**犯人**是瘋子沒錯，但還不至於笨到在阿爾泰一帶找修車廠整修車子吧。

賈伯路丟給他一份鑑定報告，內容指出**店員**的傷口不可能是福特車的保險桿造成的，因爲它的保險桿比店員遭撞擊的部位低。**找碴人**並不就此罷休，甚至以官方鑑定人的結論爲基礎做了一份新報告駁斥上述說法：從柏油路上的輪胎痕跡推測，車輛當時的車速在踩煞車前後分別爲每小時一百公里與六十公里，照這種速度，車輛一定是先撞到人行道邊緣，接著車頭彈起才撞到**店員**。賈伯路看過這份報告，而報告也附了幾個素描和算式，簡直可以當做高一物理練習題。他雖心有不甘卻不得不承認**找碴人**有理。

全案因爲**店員**而有了轉折，如果沒有這起車禍，如果沒有死纏爛打的**找碴人**，也沒有吝嗇的保險公司，案子可能不了了之，被當成一般情慾謀殺案了結。賈伯路看了一眼掛鐘，五點三十分，樓上的騷動稍微平息下來，外面，雪下得厚厚一層，屋外窗臺上的溫度計顯示著零下五度。賈伯路用手揉了一把臉。熬夜看守了一夜雖讓他筋疲力竭，不過他知道他不會有睡意。他被這件案子搞得心煩意亂，巴不得儘快回去旺杜山腳下的老家，現在那邊應該天寒地凍，但起碼不會發出死屍的臭味。

「好吧……李歐，我們兩人也在這裡悶得夠久了！走吧，我們去吃點東西，來，站起來，老渾球……」

他們下樓來到內院，賈伯路發不動車子，他忘了用抗凍劑，開始有點慌。引擎不肯發動了好一陣子後終於運轉起來。賈伯路心浮氣躁，李歐只是冷眼旁觀。

他把車子慢慢開到夏特雷後轉到大堂路，趕著大清早出門的路人一面拉起風衣領子，一面疾步走到地鐵站入口。賈伯路把車子停靠在一家小酒館前，而附近最後一批下班的屠夫都到這裡打牙祭。酒館裡煙氣瀰漫，穿著布滿血跡的工作服的屠夫跟衣衫優雅但皺巴巴的跑趴哥並肩而坐，跑趴哥來此喝碗洋蔥湯結束一夜狂歡。每個人都撇過頭，看著局長和局長的朋友李歐。他們走到一個角落，賈伯路倒在長椅上，李歐則坐在對面的椅子上。

「我們吃點什麼呀，李歐？兩份豆子燉鹹豬肉，嗯？就兩份豆子燉鹹豬肉吧，也爲李歐來一瓶紅酒！」

服務生趾高氣昂地斜眼看了一眼李歐，不過他看過更邋遢的，於是若無其事地寫下點菜。

賈伯路大快朵頤，同時吆喝李歐盡量吃。

「可憐的老兄啊，你累壞了，多吃一點，你才會有體力。不吃？你不餓嗎？」

• • •

喂，我都這把年紀了，實在不適合東奔西跑了。那些條子整個晚上在走廊上跑來跑去，吵死人了，等到他們好不容易安靜下來，卻輪到賈伯路不停地放卡帶煩我，我聽不懂啊，尤其是我喝了酒。

他說好要帶我去看**犯人**，但我們卻跑來這裡大吃大喝！我不餓但很睏。我不知道這個賈伯路想幹嘛，他是想把我搞得七葷八素還是怎樣，我受夠了。無論如何，他什麼都知道，想否認也沒轍。等到**犯人**清醒過來，他們一定會逼他招供，把他關在辦公室裡幾天幾夜，跟我一樣，不過他老兄感情豐富，不像我，他不但不會守口如瓶，反而會跟他們一五一十地解釋爲什麼要這麼做，到頭來卻越描越黑。他不會閉上嘴巴，這是一定的，他很饒舌、多話，把煽風點火當有趣。他看到自己被一群人簇擁著，會講得越發口沫橫飛，把聽眾耍得團團轉。他竟敢跑去參加**小孩**的葬禮！沒錯，沒錯，沒錯……他根本就是吃了熊心豹子膽！他認識這個**小孩**，也認識**小孩**的父母，不過，誰會爲了好玩而鋌而走險呢？

他去了一趟諾曼地，代步的車子跟把**店員**幹掉的車子是同一輛！

我也認識**小孩**。他對我很友善，至少比**老太太**好多了。我在社區中心的模型俱樂部看過他。**犯人**每週二晚上去上課，大約有十五個小朋友，有人帶飛機，有人帶小船或火車，有人帶農耕機，再利用幾個電池和一根天線，然後抱著一個小盒子遠遠操控這些東西。

犯人很喜歡我一起去，哦喲，但我才不要跟著他們玩模型哩。我只是坐在角落，靜靜看著他們玩。他們一起打屁，交換器材、鉗子、放大鏡。一堂課上了兩個多小時，這些小朋友問**犯人**如何焊接、小船下水前該在木頭上漆哪種油漆，反正問一堆這類問題就是了，而他們每個人都玩瘋了。

我做小孩子的那個時代，從來就沒有什麼玩具，也不對，我曾經有過一個，唯一的一個，那是一種會發出聲響的小玩偶，不過玩了不久就壞了，我馬上把它拆掉，我想我還記得它的模樣：一隻胖嘟嘟的小熊仔，紅藍兩色，咦，剛好跟我們垃圾袋的顏色一樣。我不知道我怎麼擁有這個玩意，因爲我那個時代，鄉下人是不送這類禮物的。

犯人回答他們提出的每一個問題，把自己的工具借給他們，但這些小蘿蔔頭卻不曾有借有還，他爲此咕噥抱怨，但到頭來還是得重買，我說出這些，其實只是想說我的朋友不是壞蛋，上法庭時可別忘了這點。面對俱樂部的那群老人、**找碴**

人、肉店老闆以及**小孩**父母的指控，我們將有一場硬仗要打。

他有始有終地上到最後一堂課，後來開始放耶誕假，天氣寒冷，更好，我們怕熱不怕冷，因爲垃圾袋的關係。每晚我都忙著驅趕蒼蠅，因爲夏天下的蒼蠅卵孵化成蟲了，**犯人**砸錢買殺蟲產品，他到處噴灑粉末，害我不斷咳嗽。不過噴灑粉末還是沒轍，於是他祭出鄉下老方法：黏紙！他到處擺放，每個角落都掛，名副其實的大屠殺啊。每天晚上，我們黏死成千上萬隻的蒼蠅，都是糞蠅。

小孩也來上模型課，他甚至希望**犯人**帶他去斯圖加特，但他的父母沒錢支付旅費。我朋友倒因爲省下學校伙食費，而攢了一點錢。

那個小鬼擁有一艘大船的模型，但他還沒造好駕駛艙等隔間，只有一個木頭船殼，而引擎發出吵人的噪音，但小鬼很愛轉動它製造笑料，卻招致**犯人**一頓臭罵，說螺旋槳沒下水而發出呼呼聲會壞掉。這個頑皮鬼會聽話才怪，當**犯人**一轉過身，馬上又發出轟隆隆、轟隆隆的聲響，總之，小蘿蔔頭就是愛做怪！

模型課因爲耶誕節的到來而暫停，**犯人**白天幾乎都窩在家裡門廳處睡覺。後來，我們只剩下門廳能待，因爲必須封閉廁所，馬桶完全故障，會漏水，不過要是叫水管工來，後果將不堪設想。於是我們關上廁所門，以免臭氣散出。如果我們在外面，犯人可以使用阿爾泰俱樂部的廁所，不過入夜呢？總不能憋尿吧？

這對我倒是不成問題。我不能睡在我的房間了，這是根本不可能的事了，因爲我們又放了許多袋垃圾，剩下的一點兒空間只夠火車通過。於是我在房間盡頭解決，也就是靠窗邊的地方。或者，我乾脆在外頭，趁散步的時候。不過犯人不想像我這麼做，他找到別的辦法：礦翠礦泉水塑膠瓶，它的瓶頸很粗，每個瓶子有一公升半的容量，一瓶能裝好幾次。一旦裝滿，他便把瓶子放到廁所裡，這麼一來，廁所還是能繼續發揮功能。他鎖好瓶蓋，然後把瓶子收好。我們因此度過了好一陣子平靜的時光，因爲瓶子堆疊起來比較容易，不像垃圾袋，再說也比較堅固，它們不會破裂。

我們也不在餐桌上用餐了。以前，客廳有張餐桌，模型火車的變壓器、軌閘轉轍器等裝置都架設在餐桌上，後來因爲餐桌太占空間，犯人把它送給以馬忤斯愛心商店。從此以後，他把這些裝置架設在門廳的野餐桌上，而自己睡在桌子底下，桌子則墊在床墊上。

我們走到最後一樓，也就是我們公寓的那一層樓時，就聞得到臭味，說實在的，的確聞得到臭味，還好鄰居住在瘋人院裡，不然他一定會跟警衛投訴。我們把門窗的縫隙都堵住，以免氣味外流。**犯人**沿著大門周圍釘上毛毯，阻擋氣味竄出，但終究抵擋不住。

對於樓下的房客，我們倒不太擔心，右翼住的房客是雪鐵龍工廠的工人，他通常上夜班，清晨才回家，這個傢伙的眼睛小小的，看起來不怎麼快樂，他負責替汽車上漆，滿頭灰髮，可以想見他的鼻子除了油漆和重油以外什麼都聞不出來。左翼的幾個年輕小伙子，也在雪鐵龍工廠上班，不過不負責油漆，是一群為了毒品而惹上警察的小癟三。他們在樓梯間從不正眼看人，大部分的時間都在外頭過夜。他們對大樓發生什麼事都漠不關心。

小孩住的大樓離我們不遠。上完模型課後，**犯人**會送他回家，因為他的父母不希望看到他一個人在路上逗留，他們說阿爾泰俱樂部附近有很多偷小綿羊的無賴，這種社會敗類，我們永遠也不知道他們做得出什麼勾當……

但今天，他們說，我和**犯人**才是社會敗類，那些偷車賊，他們根本不擔心。

關於**小孩**，事情並不複雜，純粹是小孩子的蠢玩意，他爲了漁船模型跟**犯人**借了一堆工具。而假期開始了，**小孩**即將離家參加冬令營，他的父親要他還工具……

有天晚上他來找我們，不過我們事前已經知道，他敲門時，我們忍住不發出任何聲響，我沒打噴嚏，也沒把盤子摔到地上，不像**肉店店員**來找我們那次。我們隨他敲門，他其實把工具留在門口就好，不過可能怕挨父親責罵，而臨時想出小鬼才想得到的鬼點子，他想穿過隔壁棟公寓到我們家……瘋子鄰居被送去瘋人院有很長一段時間了，他的家具被搬得精光，因爲竊賊闖了好幾次空門，大門連關都沒關，**小孩**馬上鑽了進去，然後走到陽臺上，這座陽臺幾乎和我們的陽臺連在一起。

忽然，我們聽見一個聲響打從我房間的方向傳來，是小鬼想把工具放在拉下的百葉窗邊……我們趕緊爬到那裡傾聽動靜，然後又趕緊回到門廳，**犯人**和我，我們上氣不接下氣，驚嚇指數破表啊！

犯人在公寓外攔住**小孩**，對他破口大罵，甚至賞了一記耳光，不過這個小王八經常做蠢事，對被呼巴掌早已習以爲常。

「爲什麼我敲門時，您不應門呢？」**犯人**並不心虛，理直氣壯說：「我在睡覺。」「啊？」**小孩**說。後來**犯人**輕輕揉他的臉頰，同時說沒關係，不過叮嚀他不許再犯，不然會跟他的父母告狀。

我們兩人看著他走下樓，我很清楚這是什麼意思，我不同意這麼做，不過如果**小孩**全盤托出，我們就完了，到頭來會有人到家裡打開冷凍櫃。

兩天後，**小孩**出發去冬令營，我們看見他穿過街道，拿著行李，背著書包，他的書包裝了許多玩具，他打算帶去跟朋友一起玩。

「你要去哪裡？」**犯人**問道。**小孩**回說他要搭公車到郊區快鐵車站，然後坐火車去巴黎，他的父母都要上班，沒人能送他。車廠罷工後更不能浪費時間，賺錢要緊。

當**小孩**背著書包、帶著行李消失在街角時，我已經有預感他會發生什麼事。我們回到家裡，**犯人**玩了一下火車，五分鐘後跟我說他要去買東西。一個小時後他帶著兩大塊牛排肉回來，準備做大餐。

就在我們在餐桌前坐定的當口，我們聽到慘叫聲。**小孩**的母親聲嘶力竭的大叫，好讓聲音傳到我們耳裡！我們連忙下樓，跑到**小孩**家。

來了許多條子。母親倒在保安隊長的懷裡痛哭。

犯人搖搖頭，他跟小孩的父親握手，這個父親接到電話後馬上從工廠趕回來。我們和他們一起待了十幾分鐘。後來犯人不太耐煩，而且肚子又餓。

我們回家吃飯。對別人的不幸，同情五分鐘就夠了，小心別濫情。拿我來說吧，從來就沒人爲我一掬同情淚，但我的際遇絕對夠悲慘。

我咀嚼著腰腹肉，它跟往常一樣美味，犯人則坐在角落裡冷笑，他按下變壓器按鈕，火車瞬間啟動，他笑得齜牙咧嘴。

他和幾個鄰居合買了一個花圈，那個花圈很漂亮，清一色白花，味道清香，充滿祝福的氣息。我們把花圈放在家裡過夜，因爲隔天他要開車帶到諾曼地參加葬禮。

那一夜，我們兩人肩並肩地睡在門廳，好像一對親兄弟，腳對著廁所，頭幾乎壓在花圈上，它爲我們家帶來香氣，卻趕不走別的味道，或許，還是趕走了一點點吧。

翌日，他起了個大早，穿上從阿爾泰俱樂部隔壁的洗衣店拿回來的西裝。他哼哼唱唱地走出門，手裡拿著花圈。我看著他的車在街角轉彎，我心裡毛毛的，他去墳場充好漢，而我們其實陷入泥沼，一個頭兩個大。

我整天在邊城的學校附近閒逛，也跑到雪鐵龍工廠看工人交接，我通常會覺得很好玩，不過那一天卻不覺得有趣，我很焦慮。我喜歡工廠，是因爲可以看下班的工人可笑的嘴臉。他們每個人看起來都累得不成人形，露出很奇怪的樣子，卻無形中給我老李歐很大的鼓勵，因爲我該死的人生雖走得很艱辛，但我還不曾露出這種矬樣，我可以拍胸脯保證。

總之，週六下葬日，我度過很糟糕的一天。晚上，我坐在我們家門前那條馬路底的長椅上，忽然，我聽到刺耳的喇叭聲、歡呼聲，他回來了，拎著大包小包，我們在家裡辦桌，大啖羊腿肉和珠雞肉。他跟我說那些人在海邊哭得多麼傷心，他笑得彎下腰，這種情形很少見，讓人不禁想到他想把以前沒笑夠的笑回來。

那天晚上，我睡著時——很晚了，我們玩火車玩到凌晨兩點——，我對未來又重拾信心。他只需丟掉幾個袋子，比方說在夜裡丟，連續丟幾個晚上，公寓就能夠住人了。他可以把袋子丟到隔壁街道，沒人會知道，但是他不願意，所以後來我們走到這種田地。他躺在醫院裡，而我，我落到賈伯路的手裡！

美女

賈伯路發出酒足飯飽的咕噥聲，並一把推開盤子，剩下的布里乳酪似乎不怎麼可口，再也引不起他的食慾，他點了一杯濃縮咖啡。面對眼前的豆子燉鹹豬肉，李歐執拗地不吃半口，賈伯路並不知道他只吃後腹肉或腰腹肉，不然大腿內側肉也行。

「李歐啊，」賈伯路說，「我們該拿你怎麼辦？把你放回阿爾泰的話，邊城居民會把你殺掉。你也不能一天到晚跟著我們！把你送去哪兒呢？你這把年紀，沒人要你了……」

李歐環顧四周的吧臺和忙著上菜的服務生，對於賈伯路說的話，他只是心不在焉地聽著。

「你知道的，」賈伯路繼續說，「這場吵吵鬧鬧的猴戲沒得唱了，我要結了這個案子，把文件交出去，我可不想被操死。」

賈伯路站起身，推開桌子，走到吧臺付了帳，然後逕自走出去，李歐跟著他來到人行道上。

「來，」賈伯路跟他說，「我們去兜風吧。」

他們回到車裡並肩而坐。賈伯路走賽巴斯托波大道，再轉入瑪堅塔大道，接著朝克利涅昂庫門駛去。現在路上的行人變多，走起路來也格外小心。馬路上和人行道上都結了一層冰，並陰險地躲在積雪底下。李歐全身打哆嗦，在座椅上縮得更緊。

「你很冷吧？」賈伯路說。「等一下，我打開暖氣……」

他們到達環城大道後，賈伯路朝著阿爾泰的方向往東行駛。巴黎郊區的景色在他們眼前慢慢鋪展開來，但因爲天候還早，而顯得無精打采的模樣。這兒那兒出現點點燈火，在高樓大廈黑黝黝的牆面上投射出明亮的斑點，賈伯路陸續經過鴿子籠大廈林立的國宅區、工業區、簡陋的平房，它們似乎被人漫不經心地遺棄於此。

高速公路的門架路標上出現了阿爾泰三個字，賈伯路打了一圈方向盤，車子繞過阿爾泰一區後來到一處無人區，看不到房子、樹木、工廠的影子，不一會兒，阿爾泰二區的高樓大廈出現在遠方。公路上的雙向車道中間有一條寬敞的泥地，上面散落著生鏽的汽車骨架、家用器皿，安全島的兩旁都鑿了溝渠，防止茨岡人駕著拖車到這個新興城市的入口處落腳。家樂福超市的招牌在遼闊的黑夜中閃爍不定。路上車子稀少，不過賈伯路被好幾輛大型巴士超車，它們載著工人經過生長著稀稀疏疏灌木叢的人工山丘，往雪鐵龍工廠奔去。隨著車子越駛越近，大樓群也越來越稠密。幾個騎士有如幽靈，操著急遽而不連貫的手勢，騎著小綿羊穿越馬路，昏黃的街燈在覆蓋積雪的小徑上投下詭異的微光，若干穿著長袍的非洲婦女踩著小碎步疾走，不知要趕去幹什麼粗活。

賈伯路繞過學校組合式的校舍後進入藍丁香邊城，**犯人**就住在盡頭處。位於邊城外緣的阿爾泰俱樂部的酒吧已經開門，聚集了城裡所有的勞工，每個人支著手肘喝咖啡，或許喝的更有可能是蘋果蒸餾酒、啤酒等高能量飲料。藍色霓虹燈招牌壞了，斷斷續續地發亮。

賈伯路全身顫抖，啪地關上車門。這裡比巴黎更冷，四周的平原颳起一陣陣寒風，捲起一團團雪花。

賈伯路走進大廳，老李歐緊緊尾隨在後，信箱上貼著住戶的姓名，信箱旁邊有個布告欄，張貼著市公所的最新訊息。社區中心的第三齡俱樂部預計二月舉辦山區郊遊，模型社團則打算在學年結束時舉辦展覽……總而言之，日子照常過下去。

他們兩人慢慢走上樓。賈伯路走在前面，而李歐似乎對回家不怎麼熱衷，那個地方應該稱得上他的家吧。市公所的衛生單位做了必要措施，現在公寓不再瀰漫垃圾臭味，前些時候學校隔壁的焚化爐冒出熊熊火焰，盡情吞噬從犯人寓所取出、數量龐大的垃圾袋。最後，它滿意地打了一個響亮的飽嗝，餵飽的肚皮吐出一大口黑煙。

警方搜查過公寓後便開始清理工作，裂開的垃圾袋經由樓梯被搬下樓，後來搬運的工程變得太艱困，只好改用防雨布做成一條肥大的管子，一端掛在陽臺上，另一端通到停在大樓對面的垃圾車的車斗上。戴著防毒面具的工人滿頭大汗，馬不停蹄地工作。國宅局很慷慨大方，特別發放額外獎金，希望能激勵工人，將這些開始從內部侵蝕邊城大樓的垃圾堆盡速搬走。

鄰居爭相目睹這個清潔工程，看著如此龐雜的穢物絡繹不絕地出現在眼前，莫不歎爲觀止。起初賈伯路在公寓大門貼上封條，並派員警駐守在公寓入口處，不過等到偵查結束就形同虛設了。一入夜，許多遊民潛入公寓在污泥中打撈，期能挖到奇珍異寶。**找碴人**更不可能乖乖置身事外，他用相機狂拍這棟垃圾公寓，瞄準峽谷區做各式特寫，也爲一排排盛滿糞便的礦翠礦泉水塑膠瓶，以及紅、白兩色袋子堆成的垃圾山留影，而這些袋子因爲長期浸泡在液體中而變成淡紫色。

期間發生一件荒唐可笑的小插曲：有一天來了一名垃圾袋製造廠的業務，他試著在穢物堆裡找出自家工廠所生產的垃圾袋，想知道它們是否比競爭對手的產品更耐堆積也更抗腐蝕性……賓果！的確如此。

他們嚴肅考慮過要利用這個發現做廣告，「阿爾泰二區的社會新聞」便成爲「活體實驗」的最佳示範。不過他們終究對如此駭人聽聞的結果望而生畏，擔心援引這個例子，雖不至於說服大眾囤積垃圾，但很可能鼓勵大眾減少傾倒居家垃圾的次數……

犯人家隔壁的公寓依然空空如也，它的主人似乎還住在精神病院而且樂不思蜀，並不打算重新面對一群因爲吸食強力膠而變得無法無天、頑劣難馴的年輕學生。國宅局甚至在最後一個樓層畫了一個X字，不打算出租公寓，或者起碼靜置數月，直到大家淡忘此事，或發生新的社會新聞，取代邊城這一頁痛苦的回憶。

賈伯路輕輕一推便打開公寓大門，並逕自走進門廳，而李歐全神警戒地留在門外，但傾斜著身體，目光緊緊尾隨局長。

「快，進來吧，」賈伯路說：「沒人會跳到你身上！」

李歐終於下定決心走進公寓，躡手躡腳地跨過門檻來到門廳，再從門廳走進廚房，呆呆望著四周轉了一圈。

空氣中流動著濃重的消毒水味。房子角落散落許多桶子，裡面裝著去污劑和刷子。廚房地板已經仔細清洗過，磁磚溝縫夾藏著許多去污粉。

客廳和房間的壁紙都被撕掉，牆壁顯得光禿禿的，而新粉刷的牆垣仍布滿黑漬，因爲破裂的垃圾袋流出的污水具有腐蝕性，滲透力又強。賈伯路找到一張椅子，椅子上掛著粉刷工的白色工作服，而工具則擱在窗臺上。空氣中瀰漫著洗潔劑、剛調好的灰泥、砂漿、消毒水的氣味，不過除此之外，賈伯路也聞到別的味道，隱隱挑逗他的嗅覺，他暗自思忖這八成是個幻覺。

「你們到底開了什麼殺戒啊，李歐？」他一面喃喃自語，一面拿走掛在椅子上的衣服，然後坐下，李歐站在門廳裡，倚著廁所門，他定定看著亞麻地板上的粉筆記號，描繪的是**闖入者**的屍體，工人已經掃過地板，拉動垃圾袋也抹去不少描繪痕跡，不過記號還很清楚，雙腳雙手張開，躺在門廳裡，頭朝著廁所，右手伸向大門，手指緊緊縮在一起，似乎處在一種絕望的姿勢。李歐無法將視線從這個憑空出現、蜷縮在地的人影上挪開。他忽然心生恐懼，手腳不聽使喚地搖晃，直想緊緊揪住他……

•
•
•

哎呀，大爛人，唉呀，兔崽子！我每天晚上都夢見這個王八蛋！我不相信有鬼，不過看著他這麼躺在地上，我還眞害怕呢。哦唷，賈伯路，他是哪根蔥，大刺刺地坐在客廳裡嘲弄我，哼，要是犯人在，他包準讓賈伯路消失在垃圾堆裡，這樣我就能眼不見爲淨了！他現在坐著的地方，如果是早在兩個禮拜前，他肯定會被四面八方的穢物弄得喘不過氣。

現在，整棟公寓都很乾淨。犯人會很高興，他喜歡乾淨、俐落。公寓徹底清空，而警探們搬走一堆模型火車。賈伯路的辦公室裡有一個紙箱，裡面裝著一些鐵道和房屋模型，不過跟大掠奪之前的模型數量相比眞是天壤之別。這些傢伙還滿懂得尊重別人的財產哩。

•••

賈伯路站起身，把粉刷工的衣物放回椅子上，他嘴裡叼著菸，回到門廳處。

「恐怖的屠殺啊，李歐。」他重複說，「靠，太恐怖的屠殺了！」

李歐先行離開公寓，疾步走下樓，來到大樓外面，站在車子旁邊等賈伯路。

• • •

這個傢伙讓我老大不爽。他到底想怎樣？帶我回到犯罪現場，造成心理衝擊？攪亂我的情緒？這些條子就愛搞這種玩意，我和**犯人**在電視上看過，不過他們耍不了我，即使我看見**闖入者**在地上留下的粉筆記號，彷彿他還在抽動！首先，是**闖入者**自找的，如果他沒找上門，如果他沒來打擾我們，也不會發生這一切。他被斧頭砍，是他咎由自取唄。

喔，**闖入者**一定很後悔跑這一趟。他要是乖乖待在自個兒家裡，別來找我們，我們也不會落到今天這種地步：**犯人**現在在醫院裡，而我跟著賈伯路。

首先，我們沒要他來呀，我們也沒打電話給他，是他動手要打我們的，而我們加以自我防衛而已。**犯人**認出他在門外叫人的聲音時，還趕他走，叫他滾開，不然下場會很難看。不過**闖入者**不聽。

犯人很疲倦。他在放寒假，不過除了上肉店外幾乎足不出戶。他也不必穿那兩套上班才派上用場的西裝了，他有一套藍色運動服，他很喜歡，因爲幸好有

Camif，他才能用很便宜的價格買到。有一天上午，我和他一起去阿爾泰車站，帶著一個行李，**犯人**把兩套漂亮的西裝裝在裡面，以免它們被家裡的垃圾弄髒。他把行李寄放在寄物處，這麼一來，西裝就能保持乾淨整潔了。

的確，他眞的累壞了。他意興闌珊地建造火車，而最令他痛心的，是他的付出都不了了之，因爲垃圾袋的污水流得到處都是，鐵道、電線、車廂，無一倖免。他在峽谷區進行焊接與維修工程但於事無補，隔天又得從頭來過。於是他開始生這些垃圾袋的氣了，對它們拳打腳踢，卻捅破袋子，引發更嚴重的後果。我們幾乎整天都在睡。傍晚時，我們會去阿爾泰俱樂部走動一下，或是去家樂福買我要喝的酒。不過我們提不起勁，因爲我們心裡很清楚，垃圾袋，總有結束的時候。

有一天晚上**闖入者**敲門了。我們倆跟往常一樣，不敢動一根汗毛。不過**闖入者**在門外奮力大叫：「你們在家啦，我剛才在阿爾泰俱樂部看到你們，我叫你們，你們不理我……開門哪！」「給我滾，大爛人！」**犯人**大吼。「喂，這裡好臭啊！」**闖入者**說。「不比你臭啦，王八烏龜蛋！」我的朋友立即嗆回去。他躡手躡腳地走到門邊，忽然打開門，揪住**闖入者**外套的衣領，把**闖入者**拖到門廳裡，而我劈啪關上門。

「好哇，你想看我，」**犯人**咆哮道，「那就好好看我變成什麼德性吧！」

這會兒，我說不出**闖入者**的表情了，他轉動著眼睛，不停重複說不可思議。他死命地咳嗽，幾乎透不過氣，他掏出手帕摀著鼻子，彎下腰看了一下峽谷區。

「等一下，混帳東西，我讓你看一種更美麗的東西。」我的朋友叫道。他啟動高鐵，火車疾駛而過，的確很了不起。但**闖入者**並沒露出歡喜的樣子，他依舊兩眼圓睜，一再地說：「這不會是眞的，這不會是眞的。」「你不喜歡我的火車嗎？」**犯人**問。**闖入者**開始嘔吐，沒有接腔。他實在受不了了，抓著喉嚨，一副快要窒息的樣子。

「哎喲，在別人家裡把自己搞得髒兮兮的，這可是要不得喔。」**犯人**責備道，並走到**闖入者**身後，往**闖入者**的臀部重重踹一腳，然後扯著**闖入者**的頭髮逼他跪下，使他的鼻子埋在嘔吐物裡。

「哦不，這很要不得啊！萬萬做不得的事，督學，你是在哪裡長大的呀？沒人教你公民與道德嗎？我的好友李歐都比你有教養。」

闖入者對著我的朋友和垃圾袋亂打一通，引起悶悶的聲響，才好不容易掙脫控制，他看起來很狼狽，上氣不接下氣，全身髒污。**犯人**挨了幾拳，繼續像罵小孩似地責備**闖入者**，瞪著眼珠子：「這很要不得啊！非常要不得呀！」

「讓我出去！」**闖入者**嘶吼著。他朝著大門走去，但我和我的朋友擋住他的去路。「讓開！我要閃人了！」我有預感事情會很嚴重，趕緊躲進峽谷區，我都這把年紀了，可不想跟人打架。

「讓開！我叫你讓開……」**闖入者**叫罵著，**犯人**卻一個箭步撲到他身上，**闖入者**重重跌落在一堆垃圾袋裡，袋子紛紛破裂，漿汁噴濺。截至目前為止，雙方的行爲還算有分寸，不過當**闖入者**看到那把**犯人**用來削木頭支撐峽谷隧道的小斧頭時，情況開始惡化。他跳起來想抓到斧頭，卻踩到一灘臭水窪而滑了一跤，最後腹部著地滑到峽谷區前方，但終究順利拿到斧頭。

「哎唷，你弄壞我的火車！」我的朋友說，看著一個車廂壓扁，數條鐵軌扭曲，非常不高興。

犯人朝著**闖入者**撲過去，兩人扭打成一團。我的朋友抓住**闖入者**死命握著斧頭的那隻手腕，他們倒在地上朝著客廳滾去，同時捅破越來越多的垃圾袋。**犯人**費了九牛二虎之力才造好的紅藍兩色山丘，正一垛垛地塌陷下來，亂成一團。

起初**闖入者**占上風，他靠著粗壯的體型輕鬆推開我的朋友，還讓我朋友一頭栽進垃圾袋裡。接著他抓著斧頭一拐一拐地走向門邊。

犯人喘口氣，調節呼吸，就在**闖入者**伸手要打開大門之際，他趕緊往**闖入者**的背脊狠狠踹了一腳，然後轉動鑰匙鎖上大門。

「你瘋了……讓我離開！」**闖入者**哭叫著。我的朋友拿起鑰匙，丟到客廳盡頭的垃圾袋之間，**闖入者**舉起斧頭，大聲叫道：「讓開，我要砍掉這扇門！」

「是喔，你跑到我家搞得亂七八糟，現在還想破壞東西，這可要不得啊，絕對不行！」**犯人**咕噥道。他撿起一個袋子往**闖入者**的臉丟去，是藍色的，時代比較久遠，袋子破了，**闖入者**滿臉穢物，睜不開眼睛。

後來，我不太清楚發生了何事，因爲我躲在峽谷區裡，我只聽見他們低沉的嗥叫聲，不一會兒後，我看見**闖入者**爬向大門，他滿臉是血，頭髮流淌著紅色液體，並混合著黑色的液態穢物。他的手臂受了傷，他試著挺起上半身搆到門把，由此可見他實在不怎麼聰明，因爲門被上鎖了呀！我躲在隧道裡抖個不停。

他抬起一隻手，這時卻全身不對勁，癱倒在地上，不規律的抽搐著，喀，安靜不動了。他死了。我走出隧道，看見我的朋友平躺在客廳裡，倒在一堆垃圾袋上頭，肚皮有一大塊傷口。

「哦，我們把他幹掉了，李歐，我們把他幹掉了，這個王八烏龜！」他對著我說。我很擔心，哭了起來。「別哭，李歐，別哭，現在，不會有人來找碴了。」他輕聲說。我待在他旁邊，眼眶噙著淚水。我三不五時朝著他扔掉鑰匙的地方看，鑰匙掉在腐敗的垃圾堆裡，我們休想找到它……後來他昏迷過去。他們兩人都躺在血泊中，身上布滿各種穢物，同時間，我被一種聲音攪得心浮氣躁，是高鐵，它依然如故地奔馳……他們互相毆打的時候，雖然弄壞車廂和調車場，不過那個當口高鐵剛好在我房間裡，它兜了一陣子才回到門廳。因此它照常運轉，回到峽谷區，轉了一個彎後從離**闖入者**大腿兩指處駛過，而**闖入者**倒在鐵道邊……我很快就忘了它的聲響，因爲我不知道怎麼切掉電源。我搖晃**犯人**。他的傷口看起來怪可怕的，上面鋪著一灘垃圾袋流出來的污水，情況不妙啊。我一度感到心灰意冷，絞盡腦汁但還是想不出任何辦法，而每當我憂慮時，我就睡大頭覺。醒來時，我餓得要命，而**犯人**發出嘶啞的喘息聲，我不想求救，害怕**闖入者**、垃圾袋和廚房裡的驚奇被發現！我頭暈腦脹，我都這把年紀了，實在不適合太傷腦筋。破了洞的垃圾袋發出一種瘴氣，眞是屋漏偏逢連夜雨啊，我就如此這般熬了整整兩天，和他們兩人困在一堆垃圾袋裡。**犯人**活了下來，不過一直處在昏迷狀態。而高鐵，繼續在奔馳！我好餓啊，餓得越來越發慌。後來我滿腦子都在想怎麼餵飽肚子！我頭昏眼花，胃痙攣，甚至扭絞起來，我有時閉上雙眼，有時瞪著垃圾袋或火車發呆，而**犯人**三不五時會微微抽動，**闖入者**則變得越來越僵硬，這應該是很自然的事。

我來來回回打量這兩個人，後來我鑽進峽谷區，不想再看到他們。**闖入者**死了一天後開始發出味道，你們大概會很納悶，在這麼惡臭的屋子裡我怎麼還聞得到別的味道？唉呀，千眞萬確，這種味道，就是聞得出來，即便夾雜在千奇百怪的臭味中，而且更爲強烈。

還有這扇該死的門，竟被鎖住……哦，屋子裡實在不怎麼賞心悅目欸！到最後，我受不了了，餓得頭暈眼花，你們想怎樣啊，我知道這種事做不得，也罷，我開始吃**闖入者**。

我先吃右半部的屁股，肉很老，我用力咀嚼，不過咬第三口時，我便習慣了。

我沒有選擇……此一時，彼一時啊，後來，我吃小腿肚，那裡的肉更老！

不過這一餐讓我稍微恢復元氣，我不再眼前發黑。**犯人**還在呼吸，只要活著，便有希望，陷入絕境時，人總愛這麼說。我又睡著了。

醒過來時，我又咬了幾口**闖入者**的屁股，後來我決定叫救命，就不管冰箱了。

我使盡全身吃奶的力氣嘶吼，大吼大叫，拚了老命……

第一位證人是大樓警衛拉托斯．艾米里歐，他聽見李歐絕望的哀號後用力撞開門，他雖然很勇敢，不過患有哮喘，他衝進公寓時，無法承受撲鼻的惡臭，立即昏厥倒地。還好，他的表弟厄塞比歐也在，厄塞比歐到阿爾泰拜訪他，打算住幾天。應三樓住戶的要求，厄塞比歐跟著他來到最後一樓。厄塞比歐一看到**闖入者**躺在垃圾堆，便立刻走出公寓，請求支援。

找碴人正好抱著塞滿文件的公事包從大樓前的馬路經過，他正要去那條馬路盡頭調查一起極富爭議的假闖空門案件。

他看著厄塞比歐臉色發青，厄塞比歐緩一口氣，指一指**犯人**公寓的窗戶，但百葉窗全被拉下。**找碴人**兩個臺階一跨地衝到最後一層樓，猛然襲來一股惡臭，臭氣彷彿從一間疏於整理的貯肉室竄出，濃烈的腐敗味壓得他喘不過氣。他極力控制自己，翻找身上的每個口袋，好不容易找到一條手帕，蒙住鼻子後才走進門廳。

他以爲**犯人**和**闖入者**都死了，後來，他自己也搞不清楚幹嘛摸走一捲卡帶，出於一時衝動吧。保險公司高級主管還因爲他靠直覺所爲的打劫行動犒賞他一筆獎金。

十分鐘後，杜弗保安隊長率領維安部隊抵達案發現場。他們驅散大樓住戶，而李歐趁亂開溜……不久後傳來消防隊員靴子獨特的噠噠聲，他們穿著厚重的皮夾克，滿身大汗。雲梯毫無用武之地，連水管都派不上用場，**犯人**被送去阿爾泰醫院。他跟**闖入者**毆打的時候，肚皮被銳利的斧頭捅了個大洞，刀刃甚至刺穿腸子，以至於在搬運途中，腸子裡的東西流到擔架上。由於他躺臥的垃圾袋都被捅破，流出的毒漿滲透傷口，感染程度超越所有醫學期刊做過的研究。他得了敗血症，全身肌肉嚴重壞死，但還是活了下來。他全身長滿膿包，彷彿一隻泡在鹹水裡的蝸牛不停地流出黏液，他奇蹟似地擊退死神。一旦情況允許，他便從阿爾泰醫院手術房轉到巴黎神舍醫院的庫斯科中心。他腹部的巨大傷口插著一堆五顏六色的引流管，而每條管子都通到一個玻璃瓶。他昏迷期間，依然產生大量分泌物，護士每小時會把玻璃瓶接到嵌在牆壁上的抽吸器，眞空抽出分泌物。

賈伯路等著**犯人**清醒過來，他已經等了好幾天。賈伯路好歹聽過那些證人的說詞，也盡可能將物證與驗屍報告整理歸檔，如果對**犯人**的盤詰進行得順利，或許就能釐清所有疑點了。而在等待的空檔，賈伯路從照顧李歐中獲得少許慰藉，也幸好他伸出援手，李歐才不必受到社會制裁，社會大眾對殺人、囤積垃圾尚能睜隻眼閉隻眼，卻容不下一個可能犯了吃人肉這種令人髮指的惡行的傢伙遊走在阿爾泰的大街小巷裡……李歐面對各種謾罵侮辱都無動於衷，要是對方開始飆罵便趕緊開溜。他常挨棍棒、被吐口水，而那些街童愚昧地倣效大人的蠢行，以公開欺負李歐爲榮，這些蘿蔔頭一看到李歐出現在邊城附近便對他丟石頭。可憐的糟老頭只好跑到學校旁的空地或雪鐵龍工廠附近遊蕩。賈伯路在辦案時經常看到這種揪心的景象，後來他實在看不下去了，決定將李歐納入自己的羽翼之下，再怎麼說，李歐也算是第一號目擊證人。

李歐看起來落落寡歡，對賈伯路的好意毫無反應。一個偶然的機會下，託賈伯路的同事何多塔退休告別酒會的福，李歐露出對紅酒的癖好：賈伯路乾脆把酒倒在碗裡給他。從此以後，情況大幅改善，當然李歐人生中的大幅改善也改善不到哪裡去，只是比悲慘、不幸、害怕挨打和乏善可陳的快樂稍微好一點。他麻木地看著警員跑上跑下，有些時候，他的雙眼會因爲產生興趣而熠熠閃爍，像是提到**犯人**……

令人納悶的是，在這瘋狂的九個月期間，他們兩人怎能相安無事？**犯人**性情曖昧，擁有雙重人格。那些證人口中的他爲人善良、値得敬重，表面的他安於過著千篇一律的生活，謹守分寸，要是被人遺棄，甚至因爲太過狂熱而扯心裂肺，也都能逆來順受，生活中雖經常遭受屈辱，不過他比常人更容易垂下頭，把苦水往肚子裡吞……

背地裡的他則爲所欲爲，百無禁忌，總有用不完的藉口，更糟糕的是，他不願面對現實，動不動就落跑，好像一灘液體，一千個懦弱所發出的咕嚕咕嚕聲，而這些都顯現在他對髒亂、模稜兩可、黏稠、惡臭等有一種無法自拔的迷戀。李歐則不同，他的世界簡單而明確，裡頭有牛排、紅酒，還有柔情似水、眉目傳情、輕聲感嘆，總之，就是一種平凡、天眞又有點無知的幸福吧，也不會迫於情勢而鞠躬哈腰甚至耍卑鄙的伎倆。

這一切都被他那有些迷惘的眼神洩露出來。透過賈伯路車上霧濛濛的窗玻璃，他看著彎彎曲曲的高速公路在眼前逐漸展開，這條公路蜿蜒在混凝土峭壁之間，最後鑽進瀰漫著排氣管排放出來的廢氣的隧道裡……

•••

欸，我說老兄啊，他們竟敢抱怨我們家發出的味道！對自己排出惡臭的廢氣卻無所謂，但都是這種廢氣害我咳嗽。我年輕時，吸進肺部的都是純淨的空氣，但是今天，我卻吸超級汽油害自己短命。不過我太老，也沒什麼好抱怨的了。再過不了多久，我就要離開這個苦難的世界，我不太能適應這些亂七八糟的現象。這個賈伯路，我看不出他在打什麼主意，他帶著我到處跑，我其實不太想回去看我們的公寓，要是**犯人**哪天出來，我可以去監獄接他，我想我們最好罩子放亮點，永遠也別回去阿爾泰，因爲我們做過見不得人的事……不過有賈伯路在，我就不必害怕，這些壞蛋動不了我……再說，時間還早，好家在，大家還在呼呼大睡。以前每天早上，我會漫無目的地從一層樓逛到另一層樓，聽著床鋪吱吱叫，男人在出門幹活前總要先操一下他的女人嘛。半個鐘頭後，樓梯間發出奔跑聲，因爲遲到了，還有停在街角的巴士在按喇叭。以前，我很喜歡聆聽早晨的各種聲響，我就站在大樓裡，閉上雙眼，把耳朵豎起、張得老大，我聽見小孩挨巴掌、咖啡壺掉到地上、三樓那個傢伙發不動車子……

喔，這些都是過去式了，我再也不能重新體驗。我永遠也不會回去阿爾泰，一切都結束，畫下句點。他們還對我丟石頭，這些死孩子，而且還是斗大的石頭，專門用來做路堤用的，石頭很尖銳，我的背脊被砸得傷痕累累。另外，他們父母吐到我身上的濃痰並不能幫助我的傷口癒合，你們把他們的痰捧成香膏，其實亂不衛生、還冒泡並夾雜菸草屑，外加茴香酒的味道，我會遭到這種待遇，只因爲把**闖入者**的屁股咬掉一塊肉，但這其實沒啥好大驚小怪的嘛，大家不是都這麼說……。

我啊，我並沒有指望他們對我好一點。當我看到**找碴人**消失不見，便趕緊從屋頂溜走，我跑到街角，躲在一輛停在社區中心對面的卡車底下，我看見許多條子趕到，接著又來了消防員、人群，亂成一片。賈伯路到了晚上才出現，他看上去像個老實人，也不如其他人那麼激動。他們用擔架把**犯人**抬出來，我很想走上前去，但還是待在卡車底下較保險。

外面天氣不怎麼暖和，我冷得牙齒直打顫。條子前腳一走，垃圾搬運工後腳便到，他們搬走垃圾袋、垃圾袋，還是垃圾袋，我好怕他們打開廚房，那就糟了。不過第一晚他們並沒有打開廚房。後來我等到天色變暗才去阿爾泰俱樂部附近晃，但我不敢拋頭露面，我在下水道找到一點雞肉、一小塊包在紙袋裡的三明治，這夠我解決一餐了。然後我去社區中心的垃圾間過夜，很久以前我就知道這個好地方，警衛從不上鎖，而陋室盡頭有爲每個樓層加熱的加熱器送出溫煦的微風，我蜷縮成一團，一覺到天亮。

我等著清潔工抵達，他們戴著口罩來到，隔天他們抓到竅門，與其捏著鼻子將垃圾一袋袋搬到樓下，還不如把垃圾從窗口丟到垃圾車裡，這個方法更快速，許多老太太搖著頭觀看……我靜靜等待撬開廚房封條的那一刻，慘叫聲一定會比發現**闖入者**時更響亮！就在這個當口，我一時不察，竟沒像前一天一樣，躲在卡車底下，反而愚蠢地走出來，孩子們看到我，馬上繞著我圍成圓圈，以三音節的節奏合唱：噁心的李歐喲——噁心的李歐喲，五分鐘後我挨了一記雪球，接著一連好幾記，場面越來越火爆，爛貨、人渣、敗類、給他死啦，這群小孩子不停地鬼叫……我最好忍氣吞聲，因爲一年前，有個跟我差不多的糟老頭被一群小孩堵到，我跟他打過幾次照面，他叫做古斯塔夫，對方人多勢眾，一起把他拖到一個地窖，喀啦關上門後，拿出一根棍子插進他的屁眼，這棍子早已沾過一種搭配古斯米的醬汁，顏色鮮紅，叫什麼哈里薩辣醬的。喔可憐的古斯塔夫，下場可眞是慘不忍睹，他像隻螃蟹歪歪斜斜地走在邊城裡。

當我想到顏色鮮紅的醬汁便忍不住把屁股夾緊，而我眼前的這群小鬼更加心狠手辣。那些看著清潔工倒垃圾的老太太也看見我了，她們連忙在胸前比劃十字，同時咕噥說「耶穌啊！耶穌啊！」而最老的那位開始尖聲大叫：「他該死啊！他該死啊！他吃了人肉！」這些孩童已經亂興奮的，根本不需要旁人加油添醋，說時遲，那時快，我被好幾塊石頭砸中。我用盡吃奶的力氣拔腿狂奔，一直跑到雪鐵龍工廠，而他們緊緊追在後面，不斷對我丟石頭。我知道入口處附近的鐵絲網破了個洞，嘿喲，我趕緊鑽了進去，他們眼睜睜看著我跑在草皮上，但相隔的距離太遠，石頭打不到我了……

不過我很想知道那些工人會怎麼處理冷凍櫃。我等到那群孩童平息下來並消聲匿跡後才掉頭返回邊城。小心啊，小心啊，我用汽車排氣管做掩護，從一輛汽車跑到另一輛汽車，我躲在車輪後面，不讓人看到。

我終於看見了。有兩個人，都是黑人，身材精壯，一起抱住冷凍櫃。他們把櫃子放到小貨車上，由於沒有接獲指示，他們討論了好一會兒。野餐桌和冷凍櫃是**犯人**碩果僅存的兩件家具，而其他的早就被他處理掉。最後，他們決定將這兩件家具就近送到以馬忤斯愛心商店，我連忙趕去那裡等他們。以馬忤斯先生向他們連聲道謝，說太好了，他打開冷凍櫃，很滿意，這樣就行了。我，我看得目瞪口呆，或許那個騷貨在我不知道的情況下被賈伯路找到並抬走，或許**犯人**早已把她藏到別處，不過我不相信，他應該會告訴我啊！等到以馬忤斯先生一轉身，我就趕緊跑進冷凍櫃，裡頭空蕩蕩的，而且一塵不染，我仔細嗅聞每個角落，什麼也沒有。

我沒有**犯人**的半點消息，很鬱卒，我問問你們，萬一他死了，有誰會好心跟我說一聲呢？這個世界可眞殘酷啊。

我在邊城裡蕩來蕩去，我能上哪兒呢？我每天晚上去翻阿爾泰俱樂部的垃圾桶找吃的，我跟賈伯路打過好幾次照面，有一次，他在一扇門前堵住我，一副咄咄逼人的模樣，他問二樓的房客「他就是李歐嗎？」房客回他沒錯。「是他去肉店買肉嗎？」「是的，」這個老太婆說，「他提著菜籃，菜籃裡放著一個零錢包，好好笑……」

我這個年紀，「好好笑」，我發誓，她眞的這麼說。後來賈伯路每次看到我都我跟我聊上幾句，有他在，我就會從車底鑽出來，幾天後，他看見那群小鬼欺負我，我便被架上車，載到警察總局，頂著頭號目擊證人、謀殺案共犯等頭銜。

以馬忤斯神父打開冷凍櫃時，我那顆垂垂老矣的心臟被重重戳了一下，不過跟後來那個騷貨、賤人伊蓮走進局長辦公室時相比，可是小巫見大巫喲！

・・・

賈伯路開得很慢。要進入巴黎市區的高速公路上車流量忽然變大。他周遭的駕駛都脾氣火爆，粗魯地踩油門，見縫便鑽，很凶悍的樣子，他們八成因爲聽到七點半的重點新聞宣布汽油又要漲價而火大。賈伯路轉過頭看著李歐，對周圍的喇叭聲、猛然加速、緊急煞車都充耳不聞。

「我們去看你的朋友，李歐……」賈伯路說，「你高興嗎？」

・・・

不過對局長的話，李歐只是一隻耳朵進來，另一隻耳朵出去，他完全迷失在過往濃密的雲煙裡。他不知道自己陷入什麼田地，也不知道**犯人**還活著嗎？他不相信。好久以來別人只會跟他睜眼說瞎話。

那個潑婦死了，兩天前卻忽然冒出來，雖然穿著喪服但比以前更妖嬌美麗：黑色長筒襪、緊身套裝、漂亮的面紗、適時啜泣幾聲。**闖入者**的屍體被發現之初，賈伯路就想找她問話，但完全沒辦法，據說她傷心欲絕，心情跌到谷底。於是賈伯路耐心等待，等到能請她來警局走一趟。

既然死人能復活造訪總局，爲何**老太太**、**肉店店員**和**小孩**不能死而復生呢？李歐被搞糊塗了，他以爲這個恰北北早就被做掉，乖乖待在冷凍櫃裡，蜷縮在冰冷的珠寶盒裡，不再有傷害性……然而她卻再度現身，還跑到賈伯路辦公室，跟以前一樣眼睛長到頭頂上，她分明看見他蜷縮在扶手椅，蓋著一條格子毯。她的腦海裡是否閃過一句好話呢？

「哎呀，他也在這裡啊？」她只找到這句話好說，同時不屑地睥睨著這個可憐的老頭子，腳下踩著高跟鞋，使她看起來好像站在數公分高的底座上。

「是……」賈伯路答腔。「我收容了他，沒辦法嘛，人難免有惻隱之心……」

伊蓮滿臉不屑，噘了噘嘴唇，然後一屁股坐在局長對面，她不由自主地拿起放在桌上的火車頭，這個火車頭從垃圾堆裡倖免於難。她把它抓在塗了紫色指甲油的纖纖玉指之間，典型致命女人的模樣。

「好，」賈伯路說，「我很想知道您的感受，您認爲您的丈夫有能力殺害這些人嗎？」

「當然。」她回說。「他戴著好好老師的面具，但其實是個變態。再說，他的確殺了我的……」

「您和督學同居多久了？」賈伯路打斷她的話。

「嗯，從四月初開始！有九個月。」

賈伯路點一點頭，李歐在毯子底下伸展四肢，他轉頭面對牆壁，根本不想看伊蓮演的戲。

「後來您有再看到他嗎？」

「沒有，我後來就沒到學校上班了，不過以前的同事告訴我他似乎過得不錯。」

「您沒有發覺家中有任何不對勁嗎？」

「完全沒有。他總是衣冠楚楚，褲子燙得平整，襯衫潔白無瑕，開口閉口都是火車、斯圖加特模型展，他想趁復活節去。」

「您跟督學的關係持續了多久？」

罩在面紗底下的伊蓮忽然滿臉通紅，而她的雙頰似乎被畫上暈線，襯托得格外嫵媚。她的青蔥玉指抓著一張紙巾，把紙巾帶到微微抖動的鼻孔。

「一年半。」

「啊，嗯，」賈伯路低聲咕噥道，「其他人，像是餐廳學監、學……學監長，您丈夫在錄音帶裡控訴這些人和您有關係，都是眞的嗎？」

「不！」她叫道，「都是他自個兒胡思亂想的……」

「是您逼他參加督學考試嗎？」

「才沒這回事，是他自己想考！我陪他讀書，不過他考不上！」

「喔……他知道您和督學有一腿……」

「對，他撞見我們在一起，他很難過……」

賈伯路沉默無語，食指敲著桌面，伊蓮嚎啕大哭起來，這一次倒像是眞心的。

「您在怪我什麼？」她嘶吼。「他只是個沒用的東西、醋罈子、小氣鬼！我可不想浪費大好人生，看著這個孬種成天對著電動火車喃喃自語！」

「太太，您別激動……」賈伯路說。「沒人怪您。爲什麼您的……情夫跑去找您的丈夫？」

「是我要他去的，我還有一些衣物放在那裡，我自己不敢去，我要他去一趟……這下可好了，他殺了他，他殺了他……」

她伏在桌子上，額頭貼著桌子邊緣，全身因爲痙攣而抽動著。

這個時候，李歐站起來，在伊蓮身邊走來走去。賈伯路作勢要他不要輕舉妄動。

「李歐，你要不要回去坐好？」他輕聲問道。

伊蓮挺直上半身，把頭轉向李歐，李歐兇巴巴地瞪著她。

「你不也看到嗎？」伊蓮啜泣說。「他只要有火車就夠了，根本不需要愛……」

李歐一氣之下又回去坐在椅子上，維持先前的姿勢，氣恨賈伯路也氣恨這個潑婦，繃著臉，蜷縮在毯子底下。

「好，」賈伯路嘆息道，「我們回到起點吧，您離開他，他變成半個瘋子，幻想自己把您給殺了，好掩飾您跟情夫同居那麼丟臉的事實，最後又因爲太絕望而殺死情敵，到此爲止，大家都同意，不過其他的死者呢？是他胡說的還是他眞的殺死他們呢？」

「不重要了……」

「那要看對誰而言哪。我的問題是：您認爲他有能力犯下這些謀殺嗎？」

「他沒那個能耐，因爲他是個孬種，他當然可以，因爲怨恨讓他喪心病狂。」

「很好，我們有了一點進展。您去醫院看他了嗎？」

「沒有……」伊蓮喃喃說道。「我不想再看到他，但我希望他會活下來！爲了付出代價！沒錯，我相信他殺了他們，他是虐待狂，他是大變態！」

她忽然氣急敗壞，把面紗拉起來，臉色像死人一樣慘白，她伸出食指一下指責賈伯路，一下指責李歐。

「夠了！」賈伯路大叫。「我問完了！您可以走了。」

伊蓮的怒氣來得快去得也快。她踩著高跟鞋，疾步離開辦公室，兩個腳踝不聽使喚地顫抖，不太平穩地站在尖細的鞋跟上。

賈伯路看著她消失在走廊角落後，關上房門，友善地拍打李歐的背脊。

「好啦，我的老兄，」他說：「我開始看出一點端倪了……」

不過李歐正要放棄，決定不再追究眞相。

・・・

賈伯路咒罵塞車。他從巴黎東邊的巴紐萊門駛入巴黎市區，千貝塔廣場附近形成的車潮正龜速前進。八點十五分，天空依舊下著雪，但雪沒那麼大了，甚至一掉到地上便瞬間融解。路上出現一層污泥，當車子加速前進，爛泥飛濺到走在人行道的路人身上。

「喂，李歐，醒醒吧，」賈伯路說：「我們就要到了，你的朋友八成會醒過來，這一晚他睡得酣熟，他會很高興看到你……」

不過他花了半個鐘頭才到達巴黎市中心，又花十分鐘才找到停車位。賈伯路走下車，李歐尾隨在後，並抖動身體趕走睡意，同時因爲踩到爛泥巴低聲埋怨。

賈伯路在神舍醫院大樓前停下腳步告誡老頭子。

「記得嘴巴閉緊一點，好嗎，李歐？別惹事生非，不然你得待在這裡等我，瞭嗎？萬一看到護士，就趕快躲起來。」

李歐點頭表示明白。賈伯路踏進通往庫斯科中心的走廊，若干名記者不耐煩地守在那裡，希望能拍到前一晚住進醫院、搶劫巴黎銀行的那兩名歹徒。

而那兩位手持衝鋒槍的守衛剛換班。賈伯路亮出證件，再一次跟李歐耳提面命後便踏進庫斯科中心。

他走到安頓**犯人**的隔離室裡，**犯人**還在昏睡，被許多儀器團團包圍，這些儀器能記錄**犯人**疲憊軀體的任何一點動靜。連接著引流管的玻璃瓶都放在地上，等著接收更多的膿漿。有一個神祕兮兮的機器，上面有許多刻度盤，不斷發出單調的嗶嗶聲，兩根指針富有節奏地跳動，吟誦著不知哪兒冒出來的細微脈搏聲，這部機器吐出長長一條紙，上面畫滿歪七扭八的曲線，卷紙曲折蜿蜒在磁磚地板上。

李歐非常錯愕地看著這一切，他一心只掛念著那張浮現在綠色床鋪上的蒼白臉孔，那張臉的太陽穴貼著氧化鋅膠布固定導管，而導管的另一端插入鼻孔裡。

犯人呼吸得很緩慢，並發出嘶啞的聲音，李歐呻吟起來。

「噓，不然我把你趕出去！」賈伯路輕聲說。

不過李歐根本聽不進去。他的叫聲抑揚頓挫又尖銳，賈伯路怎麼斥責也沒用，他用臉頰輕輕撫摸犯人的右手，而躺在床上的犯人，瘦骨如柴，血管突起。

一名護士聽見李歐的叫聲後馬上走進隔離室，露出很驚訝的表情。

「哎唷，局長啊，這是不允許的！」他說。

賈伯路聳聳肩，嘀咕說這些都不重要了。那部傾聽犯人生命節奏的機器卻忽然激動起來，指針失控，瘋狂地擺動，完全不照正常的速度。儀器發出一種低沉的嗡鳴聲，旁邊的開口繼續吐出紙卷，抽噎聲卻越來越短促，曲線圖越來越混亂，忽兒像雲霄飛車，忽兒像最平坦的平原，李歐呻吟得越來越大聲。

儀器的嗡鳴聲引來數個穿白袍的人跑過來，賈伯路被推開，李歐甚至差點兒被踩踏。這些穿白袍的人圍在病床四周忙不迭的，現在床單被掀開，犯人瘦長的骨架似乎獻身給一群蒼白的虎頭蜂。

混亂戛然而止，犯人的臉被床單蓋住。一位醫生轉身面對賈伯路，絕望地兩手一攤。

李歐一屁股坐在地上，死命叫喊，他的喉嚨因爲尖叫哀號而打結，雙眼緊閉，他那恐怖的叫聲甚至迴盪在走廊裡。賈伯路試圖安撫他，但無濟於事。那些穿白袍的人拔掉機器的插頭，取下點滴瓶，也將插進鼻孔的管子抽出來，李歐叫得越來越大聲，賈伯路想把他拖到外面，不過這個老頭子總能掙脫而回到原地，忠心地挨在病床旁，彷彿希望犯人聽得見他的悲歌，他最後的愛的吶喊。

一位看護推著一輛大推車走進中心，推車的樣子很像嬰兒車，座位上鋪了一張厚重的黑篷布，有位護士在一旁幫忙，讓犯人直立著上半身坐在推車裡，他的身體軟趴趴的，兩隻手臂垂下，頭往後倒。推車消失不見，賈伯路緊緊抓住李歐，而李歐兩腳拚命抓耙地板想跟上去。

「李歐，我的老李歐啊，冷靜一點，沒必要把自己弄成這個樣子……」賈伯路嘟噥道。「來，我們不能待在這裡，這是醫院，你不能這樣，來，我們走吧。」

他必須抱著他才能來到外頭。李歐任隨自己倒在局長的懷裡，不過繼續發出呻吟。每個人都轉過頭來看著這對奇怪的組合。外面，雪已經停了，天空灰撲撲的，賈伯路把李歐放在人行道上，李歐終於安靜下來。

「好啦？結束了？你知道的，這是最好的結局，不然他恐怕會坐一輩子牢，你再也看不到他啊！」

李歐歪斜地坐著，抽抽噎噎地看著賈伯路。一群路人聚攏在他們四周，李歐倒在地上，賈伯路跪在他面前。

「別站在這裡，」賈伯路對著看熱鬧的人說：「走開呀，走開呀，快！」不過人群還是不肯散去，李歐瞪著他們，覺得莫名其妙又出乎意料，不懂這些人爲何突然對他感興趣，尤其他這輩子嚐盡被人踹屁股的滋味！

忽然，他站了起來，從人群的大腿之間跑開。

「李歐！別做傻事！」賈伯路叫道，彷彿他已經看出來。

李歐朝著馬路跑過去，肚子著地，用他筋疲力盡的肌肉做了最後一搏。

「李歐！」賈伯路又叫道，「回來啊！」

賈伯路閉上雙眼，萬萬沒想到李歐會做出這種事。

他把支離破碎的小軀體從下水道裡撿起來，卡車司機並不知道發生了什麼事。

李歐還有呼吸，鼻子滾燙。賈伯路把他抱在懷裡，離開好事的人群，這些人因爲事情鬧得雷聲大雨點小而有些失望，開始做鳥獸散。

卡車輪胎輾碎老頭子的脊柱，他的臀部可悲地懸吊著，與胸部形成離奇的角度。

賈伯路茫然失措，輕輕撫摸著李歐禿了好幾塊的癩痢頭，他也在李歐的領子上摸到幾隻壁蝨。

「李歐，」他輕聲說道，「你爲什麼要這麼做？我本來打算帶你回我在旺杜山的老家，那裡比阿爾泰美麗多了，你瞧，我們倆可以一起喝幾杯呀……」

李歐瞇起眼睛，眼皮掛著一滴眼淚，賈伯路笨拙地用粗大的手指擦掉。李歐兩隻手突然痙攣，劇烈地搖來搖去，他伸出一隻手緊緊抓著賈伯路毛衣的網眼，賈伯路又一次緊緊抱著不知被什麼蟲蛀過的毛皮領子，輕輕搖著李歐的小腦袋，它在賈伯路的手中搖搖晃晃的，沒有生氣了……

・・・

我們的故事就這麼結束。

⋮

王子與公主沒有結婚，也沒有生許多許多小孩。

癩蛤蟆還是癩蛤蟆，他雖然在各種紅娘雜誌上刊登徵婚廣告，但遲遲得不到年輕少女主動獻吻。

小拇指迷失在城市叢林裡，到頭來變成雪鐵龍車廠的工頭。

七個小矮人在養老院結束餘生。

醜小鴨沒長成天鵝，卻帶著送給移民的一百萬返鄉獎金回家。

穿靴子的貓被藥廠實驗室的動物販子捕獲，送去活體解剖……

⋮

這世界，瘋了。

• • •

不過，賈伯路退休後回到旺杜山腳下安享天年時，常提到一件怪事：當他抱著李歐的遺體走在金銀匠堤岸旁的梅日瑟希堤岸上，打從一排寵物店前經過時，有數以千隻的狗，牠們都關在籠子裡，站在裝滿平淡無味的粥糜的飯盆前，這些狗拚命哀號，向李歐致敬……

• • •

當然，他說得顛三倒四。

藍小說238

美女與野獸之死

作者—提爾希・容凱
譯者—陳蓁美
主編—嘉世強
編輯—邱淑鈴
美術設計—陳文德
校對—陳蓁美、邱淑鈴
董事長
總經理—趙政岷
總編輯—余宜芳
出版者—時報文化出版企業股份有限公司
10803臺北市和平西路三段二四〇號四樓
發行專線—(〇二)二三〇六—六八四二
讀者服務專線—〇八〇〇—二三一—七〇五
(〇二)二三〇四—七一〇三
讀者服務傳真—(〇二)二三〇四—六八五八
郵撥—一九三四四七二四時報文化出版公司
信箱—臺北郵政七九~九九信箱
時報悅讀網—http://www.readingtimes.com.tw
電子郵件信箱—liter@readingtimes.com.tw
法律顧問—理律法律事務所 陳長文律師、李念祖律師
印刷—勁達印刷有限公司
初版一刷—二〇一六年三月十一日
定價—新臺幣二二〇元
⊙行政院新聞局局版北市業字第八〇號

國家圖書館出版品預行編目(CIP)資料

美女與野獸之死 / 提爾希.容凱著 ; 陳蓁美譯. -- 初版. -- 臺北市 : 時報文化, 2016.03
面 ; 公分. -- (藍小說 ; 238)

譯自 : La Bête et la Belle

ISBN 978-957-13-6571-8(平裝)

876.57 105002706

La Bête et la Belle
by Thierry Jonquet

ISBN 978-957-13-6571-8
Printed in Taiwan